In Liebe
für Barbara, Alexandra, Kai, Timon, Nele und Isabelle

„Sterben dürfen ist dann eine Erlösung, wenn das Grauen sich aufmacht, den Leidenden zu umfassen."

Dietmar Dressel

Dietmar Dressel

Das Grauen in unserer Welt

Trilogie

Romanfolge im Bereich der Fantasy

Teil 2

Die Komplizen der Gier

Fantasy Roman

Zum Roman

Der Roman „Die Komplizen der Gier", ist möglicherweise eine essenzielle, eine bedeutungsvolle geistige Plattform der Schöpfung für alle geistigen und körperlich denkenden Lebewesen im Universum? Ja, schön und gut - und wie sollte bitte die Antwort darauf sein?

Sie sucht sich in diesen Roman behutsam und achtsam die zutreffenden Fragen.

Denkt man mit den Grundsätzen der Logik, der Ethik und der Metaphysik, nähert man sich den möglichen Antworten nur mit wachsamen Sinnen.

Bibliografische Information der Deutschen Nationalbibliothek.
Die Deutsche Nationalbibliothek verzeichnet diese Publikation in
der Deutschen Nationalbibliografie;
detaillierte bibliografische Daten sind im Internet über
http://dnb.d-nb.de abrufbar.

Copyright © 2015 Dietmar Dressel - Autor
Herstellung und Verlag: BoD - Books and Demand, Norderstedt.
Alle Rechte vorbehalten. Das Werk darf - auch teilweise, nur mit
Genehmigung des Verlages wiedergegeben werden.
Gestaltung: Alexandra Dressel und Barbara Dressel
Layout: Kai Hintzer
Printed in Germany
ISBN 9783738652314

Teil 2

Die Komplizen der Gier

Inhalt

Zwei Geistwesen erinnern sich an das Thema - „hätten wir doch"
7
Die grässliche Maske des Geldes
15
Das Miststück Namens „Neid"
35
Die „lauernde Hemmschwelle" der Gewalt
47
Das „Raubtier" Macht
70
Der unbändige Hass
91

www.dietmardressel.de

**Mehr Informationen unter
BoD Verlag
www.bod.de**

Folgen Sie mir auf Twitter

Zwei Geistwesen erinnern sich an das Thema - „hätten wir doch"

Auf der Suche nach der Welt vom kommenden Morgen, verstricken sich viele Menschen in dem Glauben an ein Leben nach dem Tod, statt daran, dass wir vielleicht schon alle mittendrin sind.

Reinhard Fondermann

Wenn du gegen die Meinung des Volkes schwimmst, so achte darauf, dass du schwimmen kannst.

Dietmar Dressel

Estrie - ein Geistwesen vom Planeten Venus, deren Körper bei den schrecklichen, kriegerischen Ereignissen auf ihrem Heimatplaneten Venus zu tote kam verspürt, das ihr bereits bekannte geistige Ziehen, wenn sich ein Geistwesen nähern würde, oder sich entfernen mag.

Was ihr trotz aller Bemühungen nicht gelingen will ist zu erkennen, wessen Gedanken es sein könnten, die sie fühlen kann. Besser wäre es zu sagen – noch weiß sie es nicht! Die Gedankenwelt ihres guten Freundes Budhasan – ein verstorbener Mönch vom Planeten Erde, kennt sie ja bereits aus den gemeinsamen Gesprächen, die sie mit ihm führte, schon ziemlich genau – also - ich kann sie ausschließen, überlegt sie beruhigend. Budhasan ist es nicht, das ist so ziemlich sicher. Aber gut, wer sollte es dann sein, der nach mir ruft?

Das Geistwesen „ES" scheint die Nöte zu spüren, in die sich Estries Ichbewusstsein verfangen hat, und spricht sie folglich direkt an, um es ihr leichter zu machen, den mentalen Weg zu ihm zu finden. Warum sollte sie sich unnötig mühen müssen.

„Ich grüße dich, Estrie, willkommen in unserer schönen, geistigen

Welt. Meinen Namen wirst du in deinem Gedankenspeicher problemlos finden können. Es kam in der jüngsten Vergangenheit vor, jedenfalls bei den Gesprächen zwischen dir und deinem lieben Budhasan, dass mein Name genannt wurde. Mit Budhasan, deinem Freund, habe ich mich schon unterhalten, er kennt mich."

„Entschuldige „ES", jetzt wo du das sagst, fällt es mir wie Schuppen von den Augen. Natürlich, ich weiß wer du bist. Soviel ich von Budhasan in diesem Zusammenhang erfahren habe, hast du dich sehr darum bemüht, soweit das Geistwesen dürfen, das furchtbare Ende meiner lieben Venusianer zu verhindern. Leider!

Die schon paranoide Sucht nach grenzenloser Macht und vermeintlich materiellem Reichtum hat das verhindert. Auch die Rettungsbemühungen einiger Venusianer dadurch, dass sie sich mit raumtauglichen Fluggeräten zum Planeten Erde retteten, trug nicht dazu bei, uns Venusianern wieder einen Neuanfang zu ermöglichen, oder wenigstens das noch relativ primitive Leben der Erdbevölkerung zielstrebig in Richtung friedliches Miteinander schöpferisch zu gestalten. Die Kenntnisse, als auch die Erfahrungen dazu, hatten sie in ausreichender Weise.

Was solls! Ich komme von meinem Heimatplaneten und konnte bereits feststellen, dass sich große Teile der Planetenoberfläche von den schrecklichen, kriegerischen Ereignissen und dessen Folgen wieder beginnen sich zaghaft zu erholen. Aber gut, lassen wir das finstere Thema, es sollte, so hoffe ich wenigstens, der Vergangenheit angehören.

Vor geraumer Zeit verweilte ich mit meinem Freund Budhasan auf der Oberfläche des Planeten Azerohn, und sprach mit einigen Bewohnern dieses wunderbaren und friedlichen Planeten. Eine kleine idyllische Planetenkuller, jedenfalls für kosmische Verhältnisse, die sich in der Nähe der leicht bläulichen Sonne Beteigeuze, im

Sternbild Orion, eine angenehme und lebensfähige Kreisbahn bei seiner archaischen Geburt ausgesucht hatte. Aus der kosmischen Ferne betrachtet könnte man zu dem Schluss kommen, einen grünschimmernden, funkelnden Traum von einem lupenreinen Smaragd zu sehen, statt des relativ kleinen Wasserplaneten Azerohn. Ein Planet, gefesselt in den geistigen Fängen von spirituellen Träumen und der naturellen Wirklichkeit seiner friedlich denkenden körperlichen Lebewesen.

Eingebettet in solche angenehmen Erfahrungen wünschte ich mir sehr viele solcher bewohnbaren Planeten, und möglichst auch mit so einer bemerkenswert friedlichen Bevölkerung.

Da sich das Leben im materiellen Universum vermutlich nicht nach meiner Vorstellung über das friedliche Miteinander seiner Lebewesen der höheren geistigen Ordnung richten wird, denken wir an die Zukunft von uns Geistwesen, und wie wir im geistigen Universum, in der Welt des ewigen Friedens, uns einfühlen werden.

Sag mir bitte, „ES", wieso treffen wir uns ausgerechnet hier auf dem Planeten Trampton? Die Oberfläche dieser netten Kuller lädt nicht unbedingt dazu ein sich wohlfühlen zu wollen. Alles ist so unwirtlich, öd und leer. Und so wie es sich anfühlt auch ohne Leben, gleich in welcher Form? Die karge Pflanzenwelt beziehe ich mal nicht mit ein."

„Oh, das täuscht etwas, Estrie. Richtig ist dein gewonnener Eindruck von den äußeren Bedingungen der Planetenoberfläche. Sie ist durchaus geeignet, in bestimmter Weise ein einfaches, materielles Leben zu sichern. Die Bewohner dieser „netten Kuller", wie du sie nennst, bemühen sich mit den kargen Voraussetzungen an brauchbaren materiellen Gütern und Stoffen ihr Leben relativ genügsam zu gestalten. Zu mehr reicht es nicht. Ich habe diesen Planeten gewählt, weil ich mit dir, mit Budhasan und mit dem Geistwesen Helmut, das du ja ebenfalls bereit kennst, einmal - nach unseren, sicher interessanten Gesprächen über das Leben im geistigen Universum, eine intensive Diskussion darüber zu führen, warum es körperliche Lebewesen der höheren geistigen Ordnung offensichtlich – jedenfalls nicht bei allen – nur sehr dürftig gelingen mag, sich einmal über den „Konjunktiv des täglichen Lebens" und dessen Folgen hinwegzuheben, und so erforderlich, mehr über die Verantwortung nachzudenken, die jeder für sein Handeln übernehmen sollte."

„Hört sich für den Augenblick recht interessant an, ist allerdings nicht mein Fachgebiet. Kannst du mir das bitte kurz erläutern. Ich würde dabei mein Wissensstand bereichern können."

„Kein Problem, liebe Estrie, tue ich doch gern! Um bei dem Begriff „Konjunktiv" zu bleiben, kann man auf manchen bewohnbaren Planeten dazu auch vernehmen, dass dieser besagte „Konjunktiv" wohl der „Bösewicht" für die Verlierer aller möglichen schlechten Ereignisse wäre und ist, die von denkenden Lebewesen der höheren geistigen Ordnung initiiert wurden und werden.

Ohne jetzt näher darauf einzugehen, wird es in unseren späteren Diskussionen darum gehen, über makroökonomische Begründungen und Zusammenhänge auf den verschiedenen bewohnbaren Planeten zu sprechen, deren wirtschaftliche Erfolge zwar erwünscht, und aus diesen Gründen mit allen Mitteln erkämpft werden sollten – eben sollten - dessen erwartete Erfolgsaussichten allerdings unmöglich, oder für die Wirtschaft und noch drastischer, für die körperlichen Lebewesen der höheren geistigen Ordnung, in einem schrecklichen Unheil und im Verderb endeten und auch immer enden werden.

Geflügelte Sätze bei solchen „epochalen Ereignissen" beginnen in den meisten Fällen mit den Worten – „wenn der Gegner vernichtend geschlagen „wäre", und für immer unter der Erde „läge", „würden" wir im Wohlstand schwelgen „können". Dieser Konjunktiv hat zwei bemerkenswerte Aussagen – es wird nicht sachlich argumentiert, sondern angenommen, dass das, was man unter Ausschluss der Vernunft so annimmt, auch so sei. Oder, etwas drastischer formuliert, so eintreten würde. Und tritt das nicht ein, was man so schön ideenhaft aufzeichnete, sind grundsätzlich die „Anderen" schuldig – auch klar!

Der scheinbar so gewichtige Konjunktiv mag ja bei so vielen Geschehnissen und Handlungen sich in den Vordergrund drängeln wollen, das stimmt schon! Die Worte „Verantwortung" und „Vernunft" lässt er dabei nicht an sich heran! – Auch klar, er weiß warum er das so und nicht anders für sich selbst organisiert.

Typisch für so ein sich „Wichtigmachen wollen" sind solche Formulierungen wie zum Beispiel - „hätte" der Hund nicht pinkeln müssen, „hätte" er den Hasen erwischt". Oder - „wäre" der Winter im Land des Kriegsgegners nicht so furchtbar kalt gewesen, „hätten" wir den Krieg natürlich gewinnen können". Eine klare Sache!

Schuld sind nicht die, die den Krieg angezettelt haben, sondern natürlich der kalte Winter. Denke dabei, liebe Estrie, an den Untergang der Zivilisation auf den Planeten Venus, deinem Heimatplaneten, dann verstehst du, was ich damit zum Ausdruck bringen möchte. Der Konjunktiv eignet sich in beilspielloser Weise bestens dafür, für jede Art von Unrecht eine passende Rechtfertigung zu finden, ohne sich erst mit der Vernunft in Verbindung zu setzen, um sich mit ihr zu beraten."

„Danke „ES", ich kann mir gut vorstellen, dass die nächste Gesprächsrunde mehr als nur interessant werden wird. Jetzt mehr zu den Sachverhalten, bei denen ich noch große Lücken verspüre, gelinde formuliert, so du sie gern etwas auffüllen könntest.

Was für mich von großem Interesse sein wird, ist das Gespräch, das wir hier, und so möglich, jetzt gemeinsam führen wollen, auch wenn Budhasan und Helmut noch nicht bei uns sein können. Ich denke, sie werden uns trotz der beträchtlichen Entfernung gut verstehen.

Ich habe mich zwar in der Zeit meines körperlichen Lebens und Schaffens als Wissenschaftlerin mit der sichtbaren Existenz des materiellen Universums gedanklich auseinandergesetzt, das ist schon richtig. Was sich allerdings mehr mit den physikalischen Zuständen und der energetischen Komplexität in diesem riesigen System beschäftigte. Jetzt - wo ich mich als Geistwesen in diesem Universum aufhalte, muss ich mehr und mehr feststellen, dass ein paar wichtige Sachkenntnisse scheinbar grüßend an meinem sonst eigentlich sehr wachsamen Verstand vorbeizogen."

„Na, so schlimm scheint es ja nicht zu sein. Soweit ich das in deinem Wissensspeicher erkennen kann, liebe Estrie, wirst du keine erheblichen Schwierigkeiten damit haben, neues Wissen, und sei es noch so kompliziert, mit deinem wachen Verstand aufzunehmen und zu verarbeiten. Also gut - fangen wir an. Budhasan wird noch eine Weile benötigen, bis er hier bei uns auf dem Planeten Trampton eintrifft. Unabhängig davon, kann er ohne besondere Schwierigkeiten bereits an unseren Gesprächen teilnehmen. Das gleiche Problem gilt für euren Freund Helmut, der noch bis zur Ankunft seiner Familie auf den Planeten Venus verweilen möchte. Vorab noch ein paar Worte zu diesem Planeten, der uns so unwirtlich vorkommen mag."

Diesen Planeten – seine kosmische Bezeichnung ist „Trampton", habe ich ausgewählt nicht weil er für einen Aufenthalt besonders ungeeignet wäre, oder nach seinem äußeren Anschein so wirken mag, sondern weil uns seine Geschichte einiges über die Charaktereigenschaften von denkenden körperlichen Lebewesen der höheren geistigen Ordnung sagen wird. Und damit meine ich seine Bewohner. Sie nennen sich „Iltusier". Über Charaktereigenschaften muss ich dir, liebe Estrie, nicht mehr viel sagen. Du weißt ja bereits, dass diese Eigenschaften von der Schöpfung bei denkenden körperlichen Lebewesen der höheren geistigen Ordnung in den kleinsten Bausteinen des Lebens angelegt sind.

„Du brauchst nicht weiter darüber nachzudenken, liebe Estrie, ich weiß über was du gern diskutieren möchtest, um etwas mehr Licht in deine noch unklare Gedankenwelt zu bringen. Ja gut, so unwichtig ist das Wissen über unsere geistige Welt ja nicht." „Das - „ES", ist auch eine von vielen anderen Fragen, die du mir beantworten könntest – so du magst!" „Kein Problem, Estrie! Also – fangen wir an, unserem Geist ein strittiges Thema anzuvertrauen." „Danke „ES", ich werde dir bestimmt aufmerksam zuhören!" „Gut – bemühen wir uns gemeinsam, die mitunter als Rätsel erscheinenden Sachverhalte etwas zu enträtseln. Dafür eignet sich das Thema des so geliebten „Geldes" in brillanter Weise."

Natürlich ist Geld in der geistigen Welt nur ein Wort ohne Raum und Inhalt, dem wir keinerlei Bedeutung beimessen und auch nicht beimessen müssen.

Um das allerdings mental, und von der Vernunft begleitet zu verinnerlichen ist es notwendig, dass ein denkendes körperliches Lebewesen der höheren geistigen Ordnung, ein zeitlich begrenztes „körperliches Leben" auf einen bewohnbaren Planeten erleben kann, um mit seinen, von der Schöpfung mitgegebenen Charaktereigenschaften für sich selbst zu erkennen, inwieweit und in welcher Art und Weise sich sein denkendes körperliches Leben vom „Geld beeinflussen lässt und wenn ja, in welcher energetischen Form damit sein Ichbewusstsein möglicherweise berührt wird. Ohne diesen beschwerlichen „Weg" des körperlich materiellen Lebens wäre so ein energetischer Erkenntnisprozess unmöglich. Wobei es in seiner Beurteilung läge zu unterscheiden, inwieweit das „Geld" als solches ein wesentlicher Komplize der Macht, oder als rationales Äquivalent des wirtschaftlichen Lebens für ihn von Bedeutung sein würde.

Die grässliche Maske des Geldes

Bringst du Geld, so findest du Gnade; sobald es dir mangelt, schließen die Türen sich zu.

Johann Wolfgang von Goethe

Wenn du wissen willst, wie Gott über Geld denkt, dann sieh dir die Menschen an, die ihn vor langer Zeit geschaffen haben.

Dietmar Dressel

Natürlich scheint das so geliebte Geld für viele denkende körperliche Lebewesen der höheren geistigen Ordnung auf den verschiedenen bewohnbaren Planeten im Universum etwas zu sein, dass sie aus ihrem eigenen Leben nicht so einfach wegdenken können, und vermutlich auch nicht wollen. Soweit so gut!

Solange Geld als Äquivalent, also als Ausgleich eines bestimmten Wertes von Gütern, Dienstleistungen, dem Handel und den „kleinen Geschäftchen und Geschenken" zwischen dieser Spezies denkender körperlicher Lebewesen dient, mag das ja auch alles verständlich und akzeptabel sein. Für solche ablaufprozessualen „Geschehnisse" gilt – „der Preis einer Ware, eines Produktes und einer Dienstleistung ist der in Geld ausgedrückte Wert dessen was man fertigen, leisten und letztlich kaufen oder verkaufen möchte".

Das Geld, liebe Estrie, das eigentlich „Wahre", so glauben und philosophieren viele dieser denkenden körperlichen Lebewesen der höheren geistigen Ordnung auf den verschiedenen bewohnbaren Planeten, verliert allerding sofort seine ursprünglich angedachte, wirtschaftliche Berechtigung, wenn es zur „Ware", also zu einem Handelsgut – zu einem handelbaren und sehr begehrten Besitztum aufsteigt. Ich möchte damit zum Ausdruck bringen, dass man mit Geld auch in jeglicher Art und Weise handeln kann. So wie mit Ziegelsteinen, Sklaven, Waffen und vielen anderen Produkte mehr.

Klingt für den Moment etwas skurril, und war auch so von seinen Erfindern nicht ausgeklügelt und vorgesehen. Ergibt sich allerdings geradezu fließend mit zunehmender gesellschaftlicher Arbeitsteilung und mit dem Wegfall des Analphabetentums der Bevölkerung eines bewohnbaren Planeten. Zum Beispiel in Form von Krediten, oder so genannten Aktien und allen Formen von Wertpapieren und ähnlichen dieser „Produkte" mehr. Sollte man zu der Überzeugung gelangen dabei mit „Luft" zu handeln, träfe man ins „Schwarze".

Aufgrund meiner Kenntnisse, die ich auf den bewohnbaren Planeten von den dort lebenden denkenden körperlichen Lebewesen der höheren Ordnung mental mitnehmen konnte, komme ich zu der Überzeugung, dass sich das Geld in Form eines Äquivalents zum Eintausch von Waren, Produkten und zur Bewertung von geistiger, körperlicher und maschineller Arbeit letztlich auch durchsetzen wird.

Das ändert allerdings nichts an der Tatsache, dass mit Beginn so einer Entwicklung, also der des Geldes als Ware, sich die schon ungeduldige „Gier", mit allem erdenkbaren Eifer, ihre ersten Erfolg versprechenden taktischen Schritte unternimmt, diese bereits genannte Spezies in ein kräftiges Fahrwasser des moralischen Verderbens zu stürzen.

Nur zum besseren Verständnis, liebe Estrie, ein Beispiel aus dem Wirtschaftsleben von vielen kosmischen Völkern auf bewohnbaren Planeten, bei denen sich die globale Wirtschaft und der so genannte industrielle Fortschritt „erfolgreich", und nicht ohne den hungrigen, rücksichtslosen Komplizen der Gier, ihren scheinbar erfolgversprechenden Weg bahnt. Dabei ist es für fast jeden „Denkenden" der Spezies denkender körperlicher Lebewesen der höheren geistigen Ordnung offenkundig, dass sich die Gier, mit ihren abartigen Komplizen umgekehrt proportional zum so genannten Wohlstand bei körperlich denkenden Lebewesen der höheren geistigen Ordnung hingezogen fühlt.

Oder etwas einfacher formuliert - gerade bei armen Bevölkerungsgruppen, wie zum Beispiel hier bei den Iltusiern auf den Planeten Trampton, wird man die Gier als solche vergebens suchen. Obwohl die Männer, Frauen und Kinder solcher armen Lebensgemeinschaften wirklich sehr wenig besitzen und um das tägliche Essen sich mehr als nur sorgen müssen.

Bei solchen ärmlichen Verhältnissen könnte man gut verstehen, dass die Sehnsucht nach „Mehr" – meinetwegen nenne es auch Gier, ihre Heimat findet. Tut sie aber nicht. Im Gegenteil - sie wird abgelehnt und gemieden wie eine ansteckende Krankheit.

Existiert hingegen ein gewisser Wohlstand, damit meine ich, dass so lebende denkende körperliche Lebewesen der höheren geistigen Ordnung erkennbar - und die Betonung läge dabei auf „erkennbar", mehr besitzen, als sie eigentlich bei vernünftigem Sachverstand benötigen würden, findet die aufmerksame Gier, natürlich auch mit ihren Komplizen, einen idealen Nährboden, um sich mit ihren Erfüllungsgehilfen kräftig zu entwickeln.

Nach logischem Verständnis, und bei aller Einfühlungsgabe ist so ein Verhalten nicht nachvollziehbar. Aber, so ist diese Spezies, die sich mit ihren Charaktereigenschaften am materiellen Tisch des „Habenwollens" gern uneingeschränkt bedienen will und so möglich, sehr lange leben möchte, um das vermeintliche Glück der materiellen Lust zu genießen.

Ich habe einige von dieser Spezies - Männer und zum Teil auch Frauen geistig beobachten können, die in ihrem körperlichen Leben auf einen bewohnbarem Planeten ein Geldvermögen angerafft, ergaunert oder auf andere unmoralische Art und Weise, um das rücksichtsvoll auszudrücken, angesammelt haben, das sie für ihr persönliches Leben, und das ihrer Familie, nicht einmal ansatzweise benötigen würden. Aber - es wird gerafft. Wohlgemerkt in dem Wissen, dass sie nach ihrem zeitlich begrenzten körperlichen Leben vier Meter tief in der Erde verbuddelt liegen, um dort im Laufe der Zeit vom Gewürm „entsorgt" zu werden. An ein Leben im so genannten „Jenseits" glauben solche Typen sowieso nicht.

Abgesehen von einem so genannten Himmelreich, in dem nur liebliche Milch und zuckersüßer Honig fließen soll, wie es gern von einigen religiösen Glaubensorganisationen ohne Unterlass gepredigt wird, soll ja - wenn überhaupt - ein Universum existieren, in dem nur ein geistiges Leben möglich sein würde.

Ich bitte dich, liebe Estrie, was wollen die Männer und Frauen, die bereits von der Gier und ihren Erfüllungsgehilfen fest eingefangen wurden in einer nichtmateriellen Welt erleben, in der es weder etwas zu kaufen noch etwas zu verkaufen gäbe. In so einem Lebensumfeld würden sich solche materiegewohnten „Geistwesen" zu tote langweilen. Sie könnten mit einem, auf ein geistiges Leben abgestimmten Verhalten nichts - wie in bisher gewohnter Weise als denkendes körperliches Lebewesen der höheren geistigen Ordnung, damit anfangen. Mit „Denken" allein, ohne materielle Basis, ich bitte dich Estrie, was wollen solche Typen mit sich selbst anfangen. Nein, nein! Diese Gattung von Männern und Frauen ist in Teilbereichen ihrer Charaktereigenschaften so fest gefangen, insbesondere von der Gier, dass ihnen der Blick für den Zweck ihres eigentlichen Daseins völlig abhandengekommen ist. Um sich allerdings an so einem materiellen Tisch der Natur eines bewohnbaren Planeten ständig maßlos und ohne Rücksicht auf die Pflanzen- und

Tierwelt bedienen zu können, bedarf es gewisser, ausgeklügelter wirtschaftlicher Instrumentarien, wie eben die des Geldes in seiner unterschiedlichen Verwendungsweise, liebe Estrie.

„Zu dem von dir Gesagten fällt mir eine dazu passende Metapher ein. Oder stört das jetzt bei deinen Gedanken zum Geld?" „Nein, liebe Estrie – es stört bestimmt nicht!"

Also gut! In der Zeit meines körperlichen Lebens auf meinem Heimatplaneten Venus, las ich in einen Bericht über die rasante Vernichtung unserer Regenwälder. Wie lebensnotwendig solche meist riesigen Waldflächen sind, weißt du ja selbst. Neben diesen Artikel war eine Karikatur zu sehen. Man sieht darauf einen Mann, sitzend auf einem starken, seitlich gewachsenem Ast eines kräftigen Laubbaumes, der mit überheblich grinsendem Gesicht den Ast absägen möchte, auf dem er gerade sitzt. Dabei sägt er den Ast nicht so ab, das er auf dem verbleibenden Rest des Astes sitzen bleiben kann, sondern so sägt, dass er gemeinsam mit dem abgesägten Astteil in die Tiefe stürzen wird.

Ich meine, so verhalten sich auch viele denkende körperlichen Lebewesen eines bewohnbaren Planeten, die fest eingefangen von der Gier, die Ressourcen eines Planeten blindwütig, und von der unbändigen Sucht nach einem ständigen „Mehr" und immer noch „Mehr", hemmungslos ausbeuten. Dabei ziehen sie nicht ins Kalkül, dass sie sich mit so einem abstrusen Verhalten selbst vernichten. Das sollte vermutlich mit der Skizze verdeutlicht werden. Leider haben das viele Venusianer, von meinem Heimatplaneten Venus, nicht mit der notwendigen Ernsthaftigkeit zur Kenntnis genommen. Wie das im Laufe der Entwicklung für das gesamte Leben endete, weißt du ja, „ES". Aber gut, ich will dich nicht weiter damit aufhalten, wir sind ja bei dem Thema Geld und seiner geheimnisumwitternden „Vermehrung" stehengeblieben.

„Um kurz auf dein Beispiel von der Venus einzugehen, liebe Estrie. Den Bewohnern des Planeten, auf dem wir uns gerade aufhalten – ich meine die liebevolle Kuller Trampton und seine denkenden körperlichen Lebewesen - den Iltusiern, wäre fast ein ähnliches Schicksal, wie das der Venusianer, nicht erspart geblieben. Sie haben mit sehr strengen, gesellschaftlichen Veränderungsprozessen Maßnahmen eingeleitet, die ihnen zumindest eine bescheidene Lebensqualität ermöglicht. Es wird noch ein beträchtliche Zeit brauchen, bis sie wieder frei atmend auf der Oberfläche ihres Planeten wieder leben können.

Ich denke, wir werden nach dem Thema „Geld" darauf zu sprechen kommen. Jetzt zu unserer eigentlichen Thematik – das so eigenwillige und doch scheinbar vielgeliebte „Zahlungsmittel" oder „Pinke, Pinke" - wie es scherzhafterweise auf manchen bewohnten Planeten genannt wird.

Wie bereits von mir schon angedeutet, dazu einige ablaufprozessuale - zwingend erforderliche Handlungsprozesse, die im komplexen Umgang beim Handel mit Geld, diesem Zahlungsmittel eine völlig neue Bedeutung einräumt, die es so - von den von der Gier befallenen Managern und deren treu ergebenen Erfüllungsgehilfen, selbstverständlich auch haben soll – na, wenigstens haben sollte.

Es mag sich für den ersten Moment etwas kompliziert anhören und zum Teil bei dir auf Unverständnis stoßen. Laß dich, liebe Estrie, davon nicht beirren. Du kannst mich ja unterbrechen, wenn es dir zu multidimensional werden sollte.

„Keine Sorge, „ES", zu Zeiten meines körperlichen Lebens auf den Planeten Venus meinten einige meiner Freunde, „ich sei nicht auf den Mund gefallen". Außerdem kannst du in meinen Gedanken leicht erkennen, wenn sie für sich eine Auszeit benötigen." „Ich kenne diesen Spruch auch. Also - dann mal los mit dem was ich zu der scheinbar unbegrenzten „Vermehrung" der Ware Geld sagen möchte."

Geldwertschöpfung – lach nicht, liebe Estrie, so nennt sich diese Maßnahme in Fachkreisen – dieser Begriff bezeichnet die ablaufprozessualen Maßnahmen, Vorgänge und Handlungen für die Beschaffung von neuem, in der Regel frisch gedrucktem, oder zusätzlichen Geldes. Dabei wird von dem Träger des Währungsmonopols, als solches bezeichnet man das gesetzliche Monopol auf die Emission einer Währung, also die Ausgabe von Geld oder aller möglichen Arten von Wertpapieren durch eine Zentralbank – Basisgeld emittiert, also übertragen und verbreitet. Gemeint ist damit die Geldmenge, die vom Emittenten, also von einer Zentralbank, in den Wirtschaftskreislauf gebracht wurde und nicht der so genannte Kassenbestand einer Geschäftsbank, in dem nur gesetzliche Zahlungsmittel einschließlich der ausländischen Banknoten und Münzen verbucht sein sollen.

Geschäftsbanken ist es grundsätzlich untersagt, in eigener Verantwortung Geld zu drucken. Das obliegt ausschließlich den Zentralbanken auf bewohnbaren Planeten, deren denkende körperliche Lebewesen der höheren geistigen Ordnung einen gewissen Grad der gesellschaftlichen Arbeitsteilung erreicht haben.

Eine weitere, nicht uninteressante Möglichkeit der Geldwertschöpfung besteht im so genannten Mindestreserve-System. Bei dieser Methode sollte eine Geschäftsbank lediglich nur einen Teil des gesamten Bankguthabens stets verfügbar als Reserve zur Auszahlung halten.

Einmal angenommen der Mindestreservesatz läge bei zehn Prozent des Bankguthabens, dann könnten von der Bank neunzig Prozent ihres Guthabens ausgeliehen werden, was zu einem multiplen Geldvermehrungsprozess führt und auch erwünscht ist.

Das wäre, je nach wirtschaftlicher Sichtweise, die „positive Seite" solcher Maßnahmen. Allerdings ist das mit einem beträchtlichen Risiko verbunden. Das wäre dann die „negative Seite" derartigen Handelns. Dazu wieder ein praktisches Beispiel –

Liebe Estrie, stell dir auf einem bewohnten Planeten eine kleine Stadt vor, in der es nur eine Bank gäbe. Durch mögliche politische Tumulte kämen die Bürger dieser kleinen Stadt plötzlich und unerwartet auf die Idee, bei der örtlichen Bank ihr gesamtes Geld abzuholen. Das gäbe ein erschreckendes Desaster katastrophalen Ausmaßes! Rücksichtsvoll ausgedrückt! Die Bank verfügt ja nur über die geforderten zehn Prozent als Mindestreserve. Die neunzig Prozent des verfügbaren Geldes der Bank sind ja als Darlehen ausgeliehen. Auch verständlich! Die Bank muss und vor allem will – die Betonung liegt da mehr auf dem Wörtchen „will", ja Geld verdienen. Schließlich muss sie für die eingezahlten Guthaben ihrer Kunden Zinsen zahlen und ihre geschäftsbedingten Kosten – wie Personalkosten, Raumkosten und andere Kostenarten mehr, abdecken. Ach ja – Gewinne sollten natürlich auch erzielt werden und das, so möglich, nicht zu knapp. Letztlich sind besonders die Eigentümer einer Bank in hingebungsvoller Weise von der Gier fest umarmt!

Das bedeutet für die Kunden dieser Bank, die ihr Geld abholen wollen, dass es bei dem „Wollen" vorerst bleiben wird. Die Bank wird bei solchen Situationen „vorsichtshalber" geschlossen. Das ist sicher! Es könnte ja sein, dass die Kunden am Schalter der Bank etwas „energischer" nachfragen könnten, wo denn ihr Geld sei!

Folglich müsste die Bank die ausgewiesenen Darlehen bei ihren Kreditkunden umgehend kündigen und einfordern, so möglich?! In der praktischen Folge käme es dann allerdings zu einem katastrophalen Niedergang des wirtschaftlichen Gemeinwesens - auch klar!

„Oder hast du, liebe Estrie dazu noch Fragen dazu?" „Nein, „ES", das habe ich verstanden." „Gut – dann mal weiter mit diesem Thema."

Noch ein praktisches Beispiel zur Geldwertschöpfung, durch die Übertragung und Verbreitung von Basisgeld. Wie bereits schon von mir erklärt, ist das Basisgeld diejenige Geldmenge, die vom Emittenten - meistens einer Zentralbank - in Umlauf gebracht wird und nicht zum Kassenbestand einer Geschäftsbank gehört. Der Einfachheit halber nehme ich wieder Bezug auf die von mir genannte kleine Stadt vom Planeten Erde.

Ein dort lebender junger Mann möchte sich gern ein Auto kaufen mit Geld, das er - nur so als Beispiel - von seinen Großeltern geschenkt bekam.

„Liebe Estrie, du weißt doch was ein Auto ist, oder nicht?" „Ich glaube, ein so genanntes „Auto" gehört zur Gattung der technisch entwickelten, rollenden Fortbewegungsmittel." „Korrekt, liebe Estrie!"

Dieser besagte junge Mann marschiert frohen Mutes, und mit dem geschenkten Geld seiner Großeltern zu einem dafür erforderlichen Geschäft. Verständlich – in einem Kaffee wird er ein Auto ja nicht kaufen können. Mit Sorgfalt und Kennerblick wählt er ein für sich passendes Fahrzeug aus, bezahlt an der Kasse den Kaufpreis von fünfzigtausend Geldeinheiten der dort vorherrschenden Währung, schwingt sich auf den Fahrersitz und fährt glücklich und zufrieden nach Hause. So weit so gut!

Dieser Geschäftsvorgang bedeutet, dass dieses Handelsunternehmen, durch den Verkauf des Fahrzeuges, über eine Geldeinnahme von fünfzigtausend Geldeinheiten verfügt, die ein leitender Angestellter am gleichen Tag zur ortsansässigen Bank trägt und auf das

Geschäftskonto des Autohauses ordnungsgemäß einzahlt. Nicht ohne dabei eine entsprechende Verzinsung des Guthabens zu vereinbaren.

Die Bank bietet für diesen eingezahlten Betrag eine ansprechende Verzinsung für ihren Geschäftskunden an, und damit ist der Fall vorerst abgeschlossen. Nicht so für die Bank. Sie kann aus dem eingezahlten Betrag deutlich „mehr herausholen". Wie stellt sie das an? Übrigens gilt mein Beispiel auch für viele andere dieser Art. Es soll ja nur exemplarisch aufzeigen, wie so eine Geldwertschöpfung vor sich geht und kräftig gefördert wird. Auf das „Warum" komme ich später zu sprechen! Wie geht das weiter mit dem eingezahlten Guthaben von fünfzigtausend Geldeinheiten des Geschäftskunden.

Sie, also die Geschäftsbank der kleinen Stadt, hinterlegt bei der Landeszentralbank mittels einer Sicherheitsübertragung den Betrag von fünfzigtausend Geldeinheiten, abzüglich einer zehnprozentigen Sicherheitsreserve von fünftausend Geldeinheiten und bekommt dafür von der Landeszentralbank ein Darlehen zugunsten der Geschäftsbank in Höhe von fünfundvierzigtausend Geldeinheiten. Diesen Betrag kann sie am heimischen Markt wieder als Kundendarlehen, natürlich zusätzlich zu den fünfzigtausend erhaltenen Geldeinheiten des Autogeschäftes, ausleihen. So weit so gut – jetzt kommt der Knüller.

Ein Kunde der kleinen Stadt leiht sich bei der Bank genau diese fünfundvierzigtausend Geldeinheiten und kauft sich ebenfalls ein Auto. Der bezahlte Kaufpreis fließt natürlich wieder als Guthaben bei der Geschäftsbank für das Autohaus ein.

Jetzt beginnt das gleiche Spiel von vorn, allerdings immer abzüglich der zehnprozentigen Sicherungsreserve. Rechnerisch könnte das natürlich unendlich weiter so ablaufen. Die Rentabilität von Geschäftsabwicklungen würde durch die immer kleiner werdenden

Darlehens- und Guthabenbeträge, bedingt durch die einzubehaltende Sicherungsreserve ersichtlich unrentabel werden.

Bei dieser Methode der Geldwertschöpfung regelt sich das Optimum bei etwa dem viereinhalbfachen des Erstbetrages ein. Das bedeutet – aus dem Erstbetrag von fünfzigtausend Geldeinheiten werden somit – wenn es für die Bank ein Geschäft sein soll und nicht nur Büroarbeit, vierhundertfünfzigtausend Geldwerteinheiten. Damit ist leicht erkennbar, auch für einen Laien, dass die Zinserträge aus den ersten fünfzigtausend Geldeinheiten deutlich niedriger sind als bei vierhundertfünfzigtausend Geldeinheiten - eine klare Sache.

Die Gier, mit ihren Erfüllungsgehilfen, schwelgt bei solchen Geschäften im Rausch des Glücks. Die Natur mit ihren begrenzten Rohstoffen, die Flora und die Fauna sind die Leidtragenden. Es wird in immer kürzeren Zeiträumen mehr und mehr verkonsumiert und verschwendet so, als würde es nachfolgende Generationen nicht mehr geben.

Und das Leben in seiner großen Vielfalt? Es wird zerstört! Und warum das „Alles"? Ja warum wohl! Die Gier, mit ihren vielen Komplizen treibt die denkenden körperlichen Lebewesen der höheren geistigen Ordnung, die von dieser schrecklich bösartigen Charaktereigenschaft nicht loslassen können dazu, Sachen zu kaufen, die sie überhaupt nicht benötigen, mit Geldwerteinheiten, die ihnen eigentlich nicht gehören.

So ist das mit dieser Spezies denkender körperlicher Lebewesen der höheren geistigen Ordnung. Das zu ändern würde bedeuten, dass die Schöpfung die Gier und ihre Komplizen aus den Charaktereigenschaften dieser Spezies entfernen müsste. Sollte das geschehen, wie könnte sie dann erkennen, was sie wirklich will und was der Zweck ihrer begrenzten körperlichen Lebenszeit ist?

Ein weiterer einhergehender Faktor solcher erschreckender Entwicklungsprozesse, der diesen Zerstörungsprozess immer schneller fördert, ist die rasant wachsende Bevölkerung so eines Planeten. Eben weil so ein scheinheiliger Wohlstand „produziert" wird, der ohne ein gieriges Verhalten nicht existieren würde. Was dem Wohle aller Lebewesen auf einem Planeten, einschließlich der körperlich denkenden Lebewesen der höheren geistigen Ordnung, oder „Menschen", wie sie in dieser kleinen Stadt vom Planeten Erde genannt werden, zu Nutze käme. Ein bewohnbarer Planet lebt mit seiner Flora, Fauna und mit seinen denkenden körperlichen Lebewesen der höheren geistigen Ordnung doch nicht nur ein paar hundert Jahre, sondern Millionen von Jahren. Warum sollte man so eine lange Lebenszeit durch ein raffgieriges Verhalten, eben dieser Spezies denkender körperlicher Lebewesen, gewaltsam verkürzen wollen? Die Tier- und die Pflanzenwelt tut es jedenfalls nicht.

Damit du, liebe Estrie, nicht mit einem Schrei unser Thema beendest, verspreche ich dir, dass wir zur gegebener Zeit wieder auf das Thema zurückkommen werde, so du magst!

Es ist eines der gravierenden Themen, das solche von mir genannten Wirtschaftsentwicklungen und Geldwertschöpfungsmaßnahmen, gleich auf welchem Planeten, wo sich denkende körperliche Lebewesen der höheren geistigen Ordnung entwickeln und sich wohlfühlend, mit der Gier vereinigen. Jetzt allerdings zu einem anderen Thema.

„Danke, „ES", es wurde mir langsam zu anstrengend." „Ich habe das an deinen Gedanken erkennen können, liebe Estrie."

Ich möchte nochmals auf deinen Heimatplaneten Venus zu sprechen kommen, liebe Estrie! Wie du ja bereits weißt, haben auch die Rettungsbemühungen einiger Venusianer dadurch, dass sie sich mit raumtauglichen Fluggeräten zum Planeten Erde retteten, nicht dazu beigetragen, diesem Volk wieder einen Neuanfang zu ermöglichen, oder wenigstens das noch relativ primitive Leben der Erdbevölkerung zielstrebig in Richtung friedliches Miteinander schöpferisch zu gestalten. Die Kenntnisse, als auch die Erfahrungen dazu, hatten sie in ausreichender Weise.

„Was solls, „ES"! Ich komme eben von meinem Heimatplaneten Venus und konnte bereits feststellen, dass sich die Planetenoberfläche von den schrecklichen, kriegerischen Ereignissen und dessen Folgen wieder beginnt sich zaghaft zu erholen. Aber gut, lassen wir das finstere Thema, es sollte, so hoffe ich wenigstens, der Vergangenheit angehören." „Einverstanden, liebe Estrie, wieder zurück zu unserer eigentlichen Thematik. Der in der Wirtschaft und vorallem in der Politik gern verwendete Konjunktiv, im Gedankengut der denkenden körperlichen Lebewesen der höheren geistigen Ordnung muss sich noch etwas gedulden. Ich bin mir dessen sicher, dass wir zu einem späteren Zeitpunkt wieder auf diesen Themenkomplex zurückgreifen werden." „Einverstanden, „ES"."

Bleiben wir vorerst dabei, uns über das „materielle Leben" und dem eigentlichen „Wahren" – also dem lieben Geld und seine Bedeutung bei körperlich denkenden Lebewesen der höheren geistigen Ordnung auf den verschiedenen bewohnbaren Planeten im Universum zu unterhalten. Keine Sorge, liebe Estrie, den Geldwertschöpfungsprozess lassen wir dabei außen vor.

Das „so geliebte Geld" - und zwar Geld nicht nur als Äquivalent, gemeint hier als ein neutraler Wertausgleich, sondern als eine möglichst schnell wachsende „Ware" in wenigen konzentrierten Händen von dieser Spezies denkender körperlicher Lebewesen der höheren geistigen Ordnung, mit handfesten und skrupellosen Führungs- und Machtambitionen bedarf, bei aller denkbaren Skrupellosigkeit, wenigstens einem Mindestmaß an einer gewissen rechtlichen Ordnung.

Ebenfalls von entsprechender Bedeutung ist es, in wessen Eigentum und in wessen Besitz sich dieses meist glänzende Metall zügig und in Haufe sammeln sollte. Besitzer von Geld zu sein, das man durch Betrug und Gewalt an sich gebracht hat, bedeutet noch lange nicht, dass man dadurch auch rechtmäßiger Eigentümer des schönen glänzenden Metalls ist, oder möglicherweise werden könnte. Eigentum erwerben setzt letztlich ein Handelsgeschäft auf der Basis von Rechtsgrundlagen voraus.

„So ganz kann ich dir geistig nicht nachrennen, „ES" - Geld ist doch nur ein Äquivalent, also ein entsprechender rechnerischer Gegenwert? Letztlich ist ja der Preis, also der „rechnerische Wert", der in „Geld" ausgedrückte Wert einer Ware oder einer Dienstleistung, ohne dem der Handel, das Handwerk und alle möglichen Dienstleistungen nur sehr schwierig abzuwickeln wären. Ich denke in diesem Zusammenhang an die ersten Anfänge des wirtschaftlichen Lebens von denkenden körperlichen Lebewesen der höheren geistigen Ordnung. Da gab es kein Geld oder geldwerten Ersatz. Alles wurde auf irgendeine Art und Weise getauscht. Bestimmt war das für solche Zeiten kein leichtes „Handeln" und „Wirtschaften".

Nur so als Beispiel für einen Tauschhandel - Ziegen gegen eine Fuhre Heu, oder Fische gegen Tierfälle – na, ich weiß nicht, so einfach stell ich mir das wirklich nicht vor, „ES"." „Schon, liebe Estrie, was du sagst trifft eben nur für die erste Zeit des Warentausches zu. Bei dieser Art und Weise des Handelns blieb es ja nicht. Die gesellschaftliche Arbeitsteilung, soziale Strukturen und die vorherrschenden Machteliten entwickelten sich ja stürmisch weiter. Liebe Estrie - lass dir das kurz erklären."

In den Epochen der Entstehung und Entwicklung von komplexen Machtstrukturen, wie zum Beispiel Religionen, war das liebe Geld eben nicht nur Geld, sondern auch eine Ware. Das ist eine völlig neue Dimension. Ich kann mir nicht vorstellen, dass diese epochalen religiösen Personalreligionen in einer Zeit entstanden wären, in der noch ganz einfacher Tauschhandel zum Tagesablauf gehörte. Mit solchen „Handelsmethoden" ließen sich ganz sicher keine besonders großen Reichtümer schaffen, wie sie später die verschiedenen Religionen anhäuften. Und genau das wollten die sich entwickelnden Machtstrukturen. Dafür allerdings brauchte man keine Schafe und Ziegen, sondern Geld! Und das möglichst schnell und möglichst viel davon.

„Noch ein paar Sätze zum Thema Geld und seinem scheinbar magischen Bezug zu Religionen, liebe Estrie." „Also gut, „Es", ich merke schon, du bist bei so einem Thema nicht zu bremsen! Dann laß dich bitte nicht aufhalten!"

Wie wir beide wissen, entwickelte sich das Thema Geld zügig zum eigentlichen geistigen Inhalt dieser meist schnell wachsenden religiösen Vereine. Das Geld hatte und hat vermutlich immer eine scheinbar magische Kraft, von der sich die führenden „Köpfe" von Religionen und ähnlichen Machtstrukturen regelrecht gefangen nehmen lassen.

Dem Geld werden Eigenschaften zugeordnet, die es einfach nicht hat. Letztlich gab und gibt es immer noch gesellschaftliche Strukturen auf bewohnten Planeten, in deren Sprache nicht mal das Wort „Geld" vorkommt. Geschweige denn das Geld selbst - ich weiß, was ich dazu sage. Und trotzdem leben diese denkenden körperlichen Lebewesen der höheren geistigen Ordnung glücklich und zufrieden.

Natürlich kann man immer wieder feststellen, dass selbsterschaffene Götter, oder ähnliche illusionäre, geistige Figuren von besonders skrupellosen, körperlich denkenden Lebewesen ersonnen werden, weil – eben weil! Besonders dann, wenn es um die vielgeliebte

„Macht" geht, und dazu braucht man Geld – sehr viel Geld!

Eines der wichtigsten Handlungsziele von besonders gierigen körperlich denkenden Lebewesen war und ist die Gier nach Macht. Ohne Vermögen funktioniert das alles nicht - kann es auch nicht! Die Geister, die sie mit solchen selbst erschaffenen Göttern und Gottfiguren wecken, bekommen sie allerdings in den meisten Fällen nicht mehr los, und werden dadurch Gefangene ihrer eigenen, machtstrukturierten Ideologie.

Wenn sich solche, von der Gier gejagten Machtfiguren bei der morgendlichen Rasur – nur so als Beispiel – im Spiegel ansehen, welche Gedanken jagen sich in ihrem Kopf? Oder - eine andere, etwas skurrile Frage - mit welchem Gesichtsausdruck, so Geld ein Gesicht hätte, würde es uns wohl ansehen wollen? Macht es sich möglicherweise über uns lustig?

Bei manchen Völkern gibt es den Spruch – „Geld stinkt nicht"! Ja schön und gut – wie riecht Geld eigentlich, oder stinkt es nur?! Noch so einen witzigen Spruch – „der Klang des Geldes ist wie der Ruf des Glücks. Witzig – kann das Glück vielleicht sprechen – ich meine das Glück viel Geld zu besitzen. Wie sagt man so scheinbar treffend – „nur das „Bare" ist das „Wahre". Und wer viel von diesem scheinbaren Geldglück besitzt, brüllt doch nicht lauthals was er alles hat – nein! Er genießt und schweigt! Anders der, der dem Geld ständig nachhechelt – er schreit und schreit und wird es nicht erhaschen können.

Würde uns dieses, scheinbar machtbesitzende Geld, uns vielleicht auslachen wollen, oder uns gar verhöhnen? Vielleicht betrachten uns diese Geldscheine und Geldmünzen auch voller ehrlichem Mitgefühls – auch möglich, warum nicht?! Mancher würde sich bestimmt freuen, davon etwas abzubekommen. Ich meine von dem Mitgefühl – ja gut – vom Geld möglichst auch!

Wenn Besitzer dieser kostbaren, fein säuberlich gedruckten Geldscheine und glänzenden Geldmünzen hochmütig und, so möglich, mit geschwollener Brust und dicker Brieftasche daher stolziert kommen, und in ihrer würdevollen Erscheinung auch noch erhaben wirken könnten, mag man vielleicht glauben wollen, dass das „Bare" wirklich das „Wahre" sei?!

Gut, solche Überlegungen sind für die weniger, vom Geldglück gesegneten Männer, Frauen und Kinder natürlich ausgenommen – versteht sich! Diese so betroffen denkenden körperlichen Lebewesen der höheren geistigen Ordnung, auf den verschiedenen bewohnten Planeten im Universum, sehen und fühlen das natürlich völlig anders – verständlicherweise! Eher beschämt und peinlich berührt, unglücklich und unendlich traurig bewegen sie sich durch das aufwendige tägliche Leben. Nicht selten jagt sie auch furchtsam die Angst des persönlichen „Versagens".

Ich denke, liebe Estrie, es kommt womöglich auch darauf an, ob das Gesicht eines Geldscheines, oder das einer Geldmünze von gutaussehenden Persönlichkeit gezeichnet ist, oder sich eine hässliche Fratze auf der Oberfläche bei dieser Form des Geldes breit machen sollte.

Versuchen wir doch zunächst, liebe Estrie, dass so vielgepriesene „Bare" so zu beurteilen, dass es in erster Linie ein, von den meisten denkenden körperlichen Lebewesen der höheren geistigen Ordnung akzeptiertes Tauschmittel ist, was den Handel unter ihnen beträchtlich erleichtern sollte und auch soll. Wir haben ja bereits darüber gesprochen. Du erinnerst dich bestimmt noch an das Beispiel mit der Ziege und dem Heu. Oder, noch so ein treffendes Beispiel dazu. Stell dir vor, du solltest mit einem störrischen Schaf solange durch die weite Landschaft traben, bis du dieses Viech gegen ein noch viel störrischeren Ochsen tauschen konntest. Das waren, gelinde formuliert, wirklich aufreibende und streitträchtige, dornenreiche Zeiten. Handgreiflichkeiten mit eingeschlossen.

So ging das nicht weiter, wenn die Zeit nicht stehen bleiben sollte. Geld, in seinen unterschiedlichen Formen als Äquivalent, wurde bei den denkenden körperlichen Lebewesen der höheren geistigen Ordnung auf den bewohnten Planten zum gängigem Alltag, natürlich nur, soweit es das materielle Leben erforderte.

Zu Beginn dieser Epoche der meist einfachen Lebensverhältnisse, war das Geld in seiner unterschiedlichen Form natürlich ein reines Sachgeld. Bei dieser Ausgabeform ist das Geld das „Äquivalent" für alle möglichen Waren und Dienstleistungen eine konkrete Sache. Wie zum Beispiel für das Vieh, weibliche und männliche Sklaven und lebensnotwendige Rohstoffe. Nur so als Beispiel von vielen anderen. Es fußte auf der Grundlage, dass die beteiligten Männer und Frauen – das Geld, bevor sie es zum Zwecke des Tausches einsetzten, selbstverständlich zuerst dafür „arbeiteten", es dann „ansparten" und erst in der Folge für alle möglichen Bedürfnisse oder kleine Geschäftsgründungen und den Bau von Gebäuden entsprechend nutzten.

Das waren, im wahrsten Sinne des Wortes, „goldene Zeiten". Von diesen moralisch vertretbaren gesellschaftlichen Prozessen trennen sich allerdings manche Völker auf den bewohnten Planeten vollständig dann, wenn die „Gier" mit ihren Komplizen, als eine der teuflischsten Charaktereigenschaften bei denkenden körperlichen Lebewesen der höheren geistigen Ordnung, beginnt ihr schreckliches Unwesen bei dieser von mir genannten Spezies zu mobilisieren.

In heutigen Zeiten, um auf den Planeten Erde, der Heimat von unserem gemeinsamen Freund Helmut Bezug zu nehmen, ist das, was wir schlechthin als Geld bezeichnen, in niederträchtigster Weise nur noch eine Fratze seiner selbst. Die Verhältnismäßigkeiten sind aus den Fugen geraten und „reich" sind nur noch Staatsformen, die über ausgezeichnete Druckmaschinen für Geld und das dazu erforderliche Papier und Metall verfügen.

Die Verantwortlichen für das „liebe Geld" sprechen gern vom Sparen – natürlich bei den „kleinen Leuten". Und verwechseln dies mit dem Kürzen von Ausgaben, die sie in die Wege leiten.

Wirklich gespart hat kein einziger von ihnen. Denn Sparen bedeutet nichts anderes, als etwas nicht auszugeben, was man wirklich hat. Davon sind diese politisch und wirtschaftlich verantwortlichen Männer und Frauen allerdings meilenweit entfernt.

Das wirklich „Einzige", was solche Bevölkerungen in den verschiedenen Ländern auf der Erde haben, sind sehr viele Schulden. Das allerdings ist nichts, was man „besitzt" sondern ist das, was man anderen „schuldet", also das, was andere wirklich haben. Diese leicht verständliche Tatsache ist allerdings, so scheint es jedenfalls, bei den Verantwortlichen noch nicht angekommen.

Noch einen kleinen Satz dazu, dann möchte ich dieses Thema erstmal ruhen lassen.

Bei meinen vielen Reisen zu bewohnten Planeten konnte ich immer wieder feststellen, dass es unter moralischen und wirtschaftlichen Gesichtspunkten für denkende körperliche Lebewesen der höheren geistigen Ordnung wesentlich dienlicher ist, dass das Geld, was man ausgeben möchte, erst erarbeitet und gespart werden sollte, bevor man es ausgibt. Dafür ist das Sachgeld gut geeignet. Während das Geld als „Ware" in den Abgrund führt. Wir haben ja beide über die Geldwertschöpfung und ihren verheerenden, wirtschaftlichen Folgen für das Ökosystem eines Planeten und seiner Bevölkerung schon gesprochen.
Solche ablaufprozessualen Prozesse der gesamtwirtschaftlichen

Entwicklung einer Bevölkerung über den Weg des Sachgeldes bedürfen einer deutlich längeren Zeit. Aber – sie lassen der Gier und der Habsucht sehr wenig Chancen aktiv zu werden.

„Lassen wir es dabei bewenden, liebe Estrie, und ruhen uns etwas aus. Das nächste spannende Thema ist bereits geistig in meinem Geist fest verankert und hat den Wunsch, sich mit uns beiden mental auseinanderzusetzen. Was meinst du dazu, liebe Estrie?" „Ich sage dazu nicht nein. Meinem Geist wird es nicht schaden, sich erstmal ins Land der Träume zu flüchten. Also „ES" – bis später! Ich freue mich schon auf die Unterhaltung mit dir."

Das Miststück Namens „Neid"

Das Miststück Neid ist das Schwert der Charaktereigenschaften und das schwarze Schaf des Bewusstseins.

Dietmar Dressel

Kein Hass ist so unversöhnlich wie der Neid.

Arthur Schopenhauer

Der Neid, der redet und lärmt, ist immer ungeschickt; was man fürchten muß, ist der Neid, der schweigt.

Antoine Comte de Rivaról

Wie ich fühlen kann, liebe Estrie, ist dein Geist - trotz des anstrengenden Themas über das angeblich so „geliebte Geld" - wieder wachsam und sicherlich auch neugierig darüber, welcher Thematik wir uns gemeinsam als nächstes widmen werden. „Wohin" und in „Was" hatte dich denn dein Traum entführt?"

„Ich denke, "ES", irgendwie konnte sich mein „Denken" aus unserer Unterhaltung vom Thema Geld nicht trennen. Also flüchtete ich mich in meinem Traum auf einen Planeten mit Namen Azerohn, den ich tatsächlich mit meinem Freund Budhasan vor längerer Zeit besuchte. Möglicherweise auch deshalb, weil das Leben auf diesen Planeten völlig losgelöst von materieller Gier verläuft. Und Geld - ganz gleich in welcher Form, gibt es bei den Bewohnern dieses Wasserplaneten nicht.

Völlig frei von irgendwelchen Zwängen, tauchte mein Ichbewusstsein in die grünschimmernden Fluten dieses Planeten ein, der sich in der Nähe der leicht bläulichen Sonne Beteigeuze, im Sternbild

Orion, eine angenehme und lebensfähige Kreisbahn bei seiner archaischen Geburt ausgesucht hatte. Aus der kosmischen Ferne betrachtet könnte man zu dem Schluss kommen, einen grünschimmernden, funkelnden Traum von einem lupenreinen Smaragd zu sehen, statt des relativ kleinen Wasserplaneten Azerohn. Ein Planet, gefesselt in den geistigen Fängen von spirituellen Träumen und der naturellen Wirklichkeit seiner denkenden körperlichen Lebewesen der höheren geistige Ordnung.

In ihren vielfältigen, vorstellbaren spirituellen Träumen, spricht das Ichbewusstsein dieser Spezies vom Planeten Azerohn, so die Zeit dafür eine Weile ruhen mag, mit ihrem Erkenntnisvermögen – also mit ihrem Denken und Fühlen. Das Faszinierende an ihren Traumreisen ist wohl, dass sie in ihnen von allen materiellen Begrenzungen und Zwängen von Zeit und Raum befreit sind. Da sich in ihren Träumen ihr Ichbewusstsein öffnet, und sie teilhaben lässt an allem erdenklichen, geistigen Leben in einer ganz anderen Welt, erfahren sie mehr und mehr von der Lebendigkeit im Universum."

„Die Bewohner des Planeten Azerohn sind nicht die einzige ungewöhnliche Lebensform im Universum, die über so eine nicht alltägliche Gabe verfügt, lieber Estrie.

Vielleicht diskutieren wir später einmal über die Besonderheiten dieser Lebensweise. Jetzt, liebe Estrie, möchte ich mit dir über ein typisches Verhalten der Spezies denkender körperlicher Lebewesen der höheren geistigen Ordnung sprechen, dass man sich erst – so meinen wenigstens einige Anhänger dieses Verhaltens, „verdienen" sollte. Wir, als Geistwesen wissen natürlich, das so ein persönliches, soziales Handeln, um das es hier vermutlich in unserer Diskussion gehen wird, ein Bestandteil der Charaktereigenschaften ist, und nicht erst in der Zeit des materiellen Lebens sich jeder Mann, jede Frau oder jedes Kind sich möglicherweise erst „aneignen" würde, liebe Estrie. Ungeachtet dessen werden wir uns beide bemühen, etwas mehr Klarheit in diese Thematik zu bringen. Würde dich dieses Thema interessieren?" „Hört sich zu mindest nicht nach geistiger Langeweile an. Wenn du mir verraten würdest, welche möglichen Charaktereigenschaften, oder meinetwegen auch typische Verhaltensweisen du konkret meinst, würde mir eine Antwort auf deine Frage wesentlich leichter fallen. Allerdings vermute ich, dass es wahrscheinlich nicht in meine Fachkompetenz fallen wird. Es wird also besser sein, du beginnst damit." „Einverstanden, liebe Estrie – also dann mal los mit dieser Thematik."

Über Charaktereigenschaften von körperlich denkenden Lebewesen der höheren geistigen Ordnung müssen wir uns ja nicht mehr unterhalten, liebe Estrie. Wir wissen ja, dass sie in den kleinsten Bausteinen des Lebens, so wie von der Schöpfung vorgesehen, verwachsen sind. Sie bestimmen selbstverständlich in keiner Weise das Verhalten der Spezies denkender körperlicher Lebewesen, sondern sind das geistige Fundament für ihr „Fühlen", ihr „Denken" und das daraus resultierende "Verhalten" und „Handeln".

Sie lassen jedem Mann, jeder Frau und jedem Kind erkennen, welche dieser Charaktereigenschaften in besonderer Weise das Leben dieser Spezies beeinflusst, oder sie in der Teilnahmslosigkeit am sozialem Leben eines Gemeinwesens versinken lässt.

Bei unserer jetzigen Diskussion handelt es sich um den Charakterzug des Neides. Dieses, ihr anhaftende „missgünstige Verhalten arbeitet nach dem Grundsatz - den Eindruck könnte man jedenfalls leicht gewinnen – „ein steter Tropfen höhlt den Stein". Seine Zielstrebigkeit, also die des Neides, bezüglich der mentalen Einflussnahme auf denkende körperliche
Lebewesen der höheren geistigen Ordnung ist darauf ausgerichtet, in kleinen, aber konsequenten Schritten, die Macht über das gesamte geistige Verhalten und des daraus resultierendem praktischen Handelns eines Mannes, einer Frau oder das eines Kindes in

seine klebrigen Fangarme zu nehmen. Und das nicht ohne Grund. Natürlich nicht!!! Schließlich ist dieser Charakterzug „Neid" ein wichtiger Erfüllungsgehilfe eines noch bösartigeren Verhaltens, nämlich der sich ständig auf jede unmoralische und rücksichtslose Art und Weise, sich Vorteile verschaffenden „Raffsucht". Ohne das sich der Neid nicht einen tonangebenden Platz im Denken und Verhalten eines denkenden körperlichen Lebewesens schafft, oder bereits geschaffen hat, hätte die gierige Raffsucht selbst sehr wenig Chancen aktiv werden zu können. Warum auch?!

Der Primus ist zweifelsfrei der Neid. Er ist es, der am Denken und Verhalten ohne Unterlass kräftig „sägt", und mit kleinen tröpfelnden Schritten mental in das Verhalten eingreift in dem Bemühen, die gesamte Art und Weise des Auftretens, des Benehmens und Betragens von Männern, Frauen und auch Kindern zu beeinflussen. Mit dieser beginnenden Wesensveränderung, bei dieser von mir genannten Spezies, trägt dieser um sich greifende „Neid" förderlich und auch so gewollt dazu bei - nur so als Beispiel von vielen - Arbeitsgemeinschaften, Freundschaften, Liebesbeziehungen und Familien zu spalten.

Viele Männer, Frauen und Kinder dieser Spezies denkender körperlicher Lebewesen kennen diese Charaktereigenschaft „Neid". Sie „fühlen" sie förmlich bei allen möglichen „Gelegenheiten", wie sie besitzergreifend um sie „herumschwirrt". Möglicherweise ist der „Neid" selbst neidisch auf sich selbst – warum nicht, so wie er sich benimmt!

Was treibt diese Charaktereigenschaft "Neid" zu so einem abstrusen Verhalten? Was will dieser „Neid" eigentlich damit erreichen, dieses Luder von einem Miststück! Natürlich ist der „Neid" ein Erfüllungsgehilfe für die „Raffsucht", aber doch nicht nur?!

Wer von der von mir genannten Spezies der körperlich denkenden

Lebewesen der höheren geistigen Ordnung will denn, bei aller geschuldeten Ernsthaftigkeit, „neidisch" sein – niemals!!! Oder möglicherweise doch??? Was steckt hinter diesem unbändigen – „ich oowill" das oder jenes Gut des Nachbarn, des Freundes und des Ar-beitskollegen??? Offiziell und lauthals will das natürlich keiner so gern eingestehen - selbstverständlich nicht! Es klingt ja so besitz-ergreifend.

Dieses Miststück von einem „Neid" ist eine Charaktereigenschaft, die sich niemand so gern überziehen möchte – braucht er ja auch nicht! Sie sitzt bereits fest verankert in seinem Ichbewusstsein. Natürlich kann sie jeder in seinem „Ichbewusstsein" einsperren und damit zur Handlungsunfähigkeit zwingen. Schon!? – aber – eben, aber!

Nicht immer werden dieser Neid und die Raffsucht von einer Lebensgemeinschaft auf bewohnten Planeten mit dem dafür nötigen „Ernst" behandelt. Über beträchtliche Epochen der gesellschaftlichen Entwicklung lässt man das Luder „Neid" und natürlich auch seinen Schirmherrn, die unbändige Raffsucht, völlig unbeachtet.

Erst wenn es zu krassen sozialen Verwerfungen in einer Gesellschaft erkennbar führt, wird meistens die Kultur, Politik und die Wirtschaft auf dieses unglaublich zerstörerische Handeln mit seiner unberechenbaren Spaltkraft in der Gesellschaft aufmerksam und handlungsbereit.

Der „Neid" enthält in seinem „Inneren" als Arbeitsgehilfen für seine mentalen Aktivitäten natürlich den – Ärger, die Verbitterung die Unzufriedenheit, den Zorn die Wut und mehr solcher Handlungsgefühle, weil Männer, Frauen und Kinder in den meisten Fällen das eine oder andere „Wünschenswerte" nicht besitzen, was sie allerdings gern haben wollen. Oder der „Ärger"– nur so als treffendes Beispiel – bahnt sich seinen Weg in die Gefühlswelt, weil es nicht angehen kann, dass der „Andere" genau das besitzt, was man selbst gern hätte.

Frauen würden deutlich häufiger als Männer kritisch anmerken - hörte ich jedenfalls bei einigen Völkern im Andromeda Nebel, dass sie frustriert darüber wären, wenn sie das begehrte „Gut" – zum Beispiel den eigenen gutaussehenden und vermögenden Ehemann in den Fängen ihrer Freundin wiederfinden. In solchen Situationen sei die oftmals langjährige Freundin nicht mehr „die" Freundin, sondern „die" Rivalin schlechthin.

Angeblich soll ja so ein gefestigtes Selbstbewusstsein, so man es sein „Eigentum" nennen kann besonders dann, wenn es darum geht, sich vor dem Luder „Neid" zu schützen, in erstaunlicher Weise ins Wanken geraten. Sei es drum!

Das praktische Leben von denkenden körperlichen Lebewesen der höheren geistigen Ordnung lehrt uns in den meisten Fällen genau diese Erkenntnis.

„Entschuldige, „ES", ich würde dich gern an dieser Stelle unterbrechen wollen." „Was bewegt dich dazu, liebe Estrie?" „Lass mich dazu einige Gedanken widergeben, die ich vor einiger Zeit auf einem, mit der von dir genannten Spezies bewohnten Planeten, bei einem aufschlussreichen Gespräch über die „enge Freundschaft" von zwei Frauen mental belauschen konnte." „Kein Problem, liebe Estrie, ich höre dir gern zu!"

Natürlich gäbe es zwischen Frauen, so meinten übereinstimmend beide Gesprächspartnerinnen, wenn es um die intimen Beziehungen zu einem Mann gehen würde, eine verdeckte Rivalität, also gewisse „Gegenspielereien", die möglichst unbemerkt verlaufen sollten. Ich meine die intimen Beziehungen. Was nicht bedeuten würde, dass eine der beiden Freundinnen den Ehemann der anderen nur mal so ins eigene Bett zum na -, und so – abschleppen möchte. Das träfe wohl eher für das männliche Geschlecht zu. Das wohl keine Hemmungen hat, die Ehefrau des eigenen Freundes nur mal so des Vergnügen wegens zu „vernaschen".

„Du weißt schon, "ES", was ich damit ausdrücken möchte?" „Keine Sorge, liebe Estrie, ich kenne diesen Ausdruck und weiß, was man damit meint, oder ausdrücken möchte." „Dem Himmel sei Dank, das erspart mir eine Menge Erklärungen, die auch nicht so in mein Fachgebiet fallen. Also gut, weiter mit diesen beiden Freundinnen."

Von wegen – „nur mal so in das eigene Bett zerren wollen". Nicht mehr und nicht weniger – so bei der Spezies „Mann". Schon möglich! Bei Frauen soll das, jedenfalls in den meisten Fällen, nicht der eigentliche Anlass sein. Meinte eine der beiden Frauen. Sie sehen wohl den Ehemann der Freundin weniger als „Erfüllungsgehilfe" ihrer sexuellen Lust, sondern mehr - so er möglicherweise stattlich, gutaussehend und vermögend wäre, auch als „idealen Lebenspartner" für die eigene Sicherheit und ihren Wohlstand. Wird jedenfalls behauptet, ob es stimmt, sei mal dahingestellt.

Zugegeben - kann aus so einer außerehelichen „Nascherei", bezogen auf das männliche Geschlecht, je nach sexuellem Talent der „geborgten Ehefrau" des Freundes, auch ein handfestes Verhältnis werden. Das könnte - möglicherweise - in einer heftigen Prügelei zwischen den beiden Ehemännern und „dicken Freunden" enden. Todesfälle, durch Gewalteinwirkung sollen auch keine Seltenheit bei dieser Art der „Einmischung" in die Beziehung des Freundes sein. Wieder zurück zu diesen beiden Freundinnen.

Nach konsequentem Nachfragen, so meinte eine der beiden Freundinnen, hätte ihr Ehemann, nach zähem Ringen mit sich selbst, wohl oder übel gestanden, dass er mit ihrer „allerbesten Freundin" nach den üblichen kleinen Neckereien, „anspruchsvollere „Beschäftigungen" in das Schlafgemach eben ihrer besten Freundin verlegt hätten. Natürlich auch, um in der Öffentlichkeit kein unnötiges Aufsehen zu erregen.

Nachdem sie sich dessen bewusst wurde, das sie ihr Ehemann, als auch ihre beste Freundin skrupellos hinters Licht geführt hatten, folgte eine Zeit der völligen Niedergeschlagenheit. Was sich nicht nur auf ihre Psyche auswirkte, sondern ihren Lebensalltag zur Qual machte. Auf die Frage nach dem - „wie soll es weitergehen" – also für sie und die Kinder? - Erklärte ihr Ehemann ihr darauf kurz und bündig, dass er sich von ihrer so genannten „besten Freundin" unter gar keinen Umständen trennen werde. Entweder sie akzeptiere dieses Verhältnis, oder sie zieht ihre Konsequenzen und geht.

Nach dieser Auseinandersetzung, über ihr weiteres Leben und das ihrer gemeinsamen Kinder, war sie völlig fertig und psychisch am Ende ihres Lebenswillens. Am liebsten würde sie, so die Kinder nicht wären, ihre Koffer packen und zu ihren Eltern ziehen. Soweit die Gedanken der beiden Freundinnen.

Ich kann mich als Frau gut in so eine Situation hineindenken. Für eine Ehefrau ist das wirklich eine sehr schlimme Situation – allerdings noch verwerflicher ist es für die ehelichen Kinder, die unter einer Trennung der Eltern besonders leiden müssen.

Soweit die Gedanken zweier Freundinnen zum Thema Neid und seine „Arbeitsgehilfen".

„Lass mich, liebe Estrie, zum Neid und zur Habsucht noch ein paar Sätze sagen." „Kein Problem „ES", ich höre dir gern zu. Ich werde vermutlich noch eine Menge an Informationen zu diesem Thema erhalten."

Neid wird als Charaktereigenschaft nicht unbedingt ausschließlich, doch in den meisten Bevölkerungsgruppen auf bewohnten Planeten vornehmlich ablehnend und hinderlich für das friedliche Miteinander in einem Gemeinwesen erlebt. Die meisten Frauen, Männer und auch Kinder, jedenfalls ab einem bestimmten Alter, wissen um die „abscheulichen" Eigenschaften und die geradezu zwanghafte Einflussnahme des Neides und sein „Anstacheln" zum „unbedingten Habenwollens" auf das eigene Verhalten. Natürlich wissen sie das, und streiten das in den seltensten Fällen ab. Obwohl die meisten dieser von mir genannten Spezies gerade diese „Umgangsformen" im täglichen Miteinander, und die daraus erkennbar resultierenden Handlungsmethoden ablehnen, bringen sie selbst selten die Kraft auf, sich von diesem Verhalten und Handeln zu lösen.

Die meisten dieser von mir genannten Spezies, gleich auf welchem Planeten sie zu Hause sein sollte, sind von der widrigen Charaktereigenschaft des Neides eingefangen, und nur selten will einer wirklich und wahrhaftig auch neidisch sein. Und wenn schon ja, dann sind es immer die „Anderen!" Versteht sich! Von dem „Miststück Neid" eingefangen zu sein, ist selbstverständlich höchst anrüchig, abstoßend und ethisch höchst bedenklich. Was sollen denn die anderen Leute von einem denken – also bitte!

Etwas vorsichtig lateral betrachtet, nimmt dieses Miststück, also dieser Neid, so eine Art „Sonderstellung" ein. Was will ich damit eigentlich zum Ausdruck bringen? Nimmt man zum Beispiel einige andere unangenehme Charaktereigenschaften wie – gierige Wollüstigkeit, Gewinnsucht, jähzornige Gereiztheit, orgienhafte Fresserei und ähnliche dieser „abstoßenden" Charaktereigenschaften mehr - her, finden ihre „Geburtsstunden" im Lustgefühl der Leidenschaften ihren Ausgangspunkt. Bedürfnisse, die unter der Spezies denkender körperlicher Lebewesen der höheren geistigen Ordnung gerademal so hinnehmbar sein könnten.

Nicht so dieses verflixte „Luder Neid". Dieses Miststück, gelinde formuliert, hat es wirklich „faustdick hinter den Ohren"! Er, also dieser Neid, wird im hohen Maße als außerordentlich schlecht empfunden. Gleich ob es den „Neider" oder den „Beneideten" betrifft. Diese umfassende Erkenntnisse habe ich bei allen meinen Beobachtungen, und bei verschiedenen Völkern auf bewohnten Planeten erleben können.

Evolutionspsychologisch betrachtet steht das „Miststück Neid" für sich allein. Es besitzt keinerlei erkennbare Funktionen, und damit stellen sich die Wissenschaft und die Sozialpolitik natürlich die Frage, warum er, also dieser Neid, eigentlich so zäh an den Männern, Frauen und Kindern haften bleibt.

Es gibt allerdings auch erkennbare Bemühungen - auf einem bewohnten Planeten im Orionsystem konnte ich das sehr gut beobachten, dem Neid eine nützlich, nutzbare Seite abzugewinnen. Diese Behauptung findet allerdings in der breiten Bevölkerungsschicht auf diesen Planeten keine, oder nur eine sehr geringe Zustimmung.

Die breite Masse eines Gemeinwesens versteht dieses „Miststück Neid" eher weniger als konstruktiv, denn als zerstörerisch. Sprüche wie - "Neid frisst alles auf, was es in Besitz nehmen kann", oder – „Die Neider sterben wohl, doch niemals stirbt der Neid", oder – „Es stimmt, dass Geld nicht glücklich macht. Allerdings meint man damit das Geld der anderen", oder – „Die Welt wird nicht bedroht von den Menschen die böse sind, sondern von denen, die das „Böse" zulassen." Wie heißt es dazu so zutreffend bei einem Philosophen vom Planeten Erde – „Der Mensch – damit meint er die Bewohner dieses Planeten - ist nicht auf der Welt damit er tun kann was er will, sondern das er nicht muss was er nicht will!"

Inwieweit sich der Neid auch gesundheitlich schädigend auf einen Mann, einer Frau oder der eines Kindes auswirken kann, ist nicht zweifelsfrei nachzuweisen. Es gibt allerdings viele typische Anzeichen an Betroffenen, die das sehr stark vermuten lassen.

Besonders beim Erkennen von „Minderwertigkeitsgefühlen", oder bei den ersten Anzeichen des beginnenden „Größenwahnsinns", bestimmt häufig das Verhalten solcher vom „Miststück Neid" gefangenen, denkenden körperlichen Lebewesen der höheren geistigen Ordnung, ihr gesamtes „Wesen". Ein gesundes Selbstwertgefühl kann allerdings wesentlich dazu beitragen, sich selbst im "Zaum" zu halten.

Über Neid spricht man nicht – eine klare Sache! Auch nicht unter guten Freunden. Sowieso nicht! Was sollen sie denn von einem denken – also bitte?! Macht es eigentlich Sinn, seine Neidgefühle offenzulegen? Eine schwierige Frage für Angehörige dieser Spezies, und nicht leicht zu beantworten.

Jeder Mann, jede Frau und jedes Kind – jedenfalls ab einem bestimmten Alter, aus der Spezies denkender körperlicher Lebewesen der höheren geistigen Ordnung hat es selbst in der Hand, sich mit denen zu vergleichen, die mehr haben, oder mit denen, die weniger besitzen. Sie sollten abwägen und sich entscheiden, auf wessen Seite sie stehen wollen. Wichtig dabei ist es, sich auf die „produktive" Seite des Neides zu konzentrieren und dieses „Luder Neid" ruhig einige Zeit gewähren lassen. Nur dabei kann jeder für sich selbst herausfinden, was dieses „Miststück Neid" so mit einem vorhat, und inwieweit man das selbst zulassen möchte. Und für dieses Zulassen, oder eben nicht, gibt es als Entscheidungshilfe die „Vernunft". Übrigens auch eine Charaktereigenschaft, die jeder sein „eigen" nennen darf. Das gilt uneingeschränkt! Auch wenn einige dieser Spezies behaupten, dass man sich auf die Vernunft auch nicht immer verlassen könnte.

Wie umfassend, und in einem gewissen Sinne auch abhängig, sich bei jedem „Einzelnen" die Triebfeder seines Handelns, also dieses „Luder Neid" entwickelt, entscheidet jedes denkende körperliche Lebewesen der höheren geistigen Ordnung für sich selbst allein. Und das ist gut so. Denn nur auf diesem Weg führt es zu konsequenten und nachhaltigen Entscheidungen für jeden selbst. Keine äußeren politischen und sozial ausgerichteten „Entscheidungshilfen" können die eigene „Willensstärke" in irgendeiner Weise ersetzen.

Ich denke, liebe Estrie, wir sollten uns mit diesem „Luder Neid" gedanklich nicht weiter beschäftigen. In meinen Gedanken wirst du ja bereits ein neues Thema erkannt haben, das dazu drängt, von uns beiden besprochen und diskutiert zu werden.

„Das ist eine blendende Idee von dir, „ES". Ehrlich gesagt, das Thema über das „Miststück Neid", ist nicht so mein „Ding" mit dem ich mich gern auseinandersetzen möchte. Entschuldige bitte! Ich denke, bei meinem Freund Budhasan findet dieses Thema eher einen Zugang zu seiner Gedankenwelt." „Kein Problem, liebe Estrie. Wenn du erlaubst, werde ich erstmal eine kleine geistige Verschnaufpause einlegen, bevor wir uns beide mit dem Thema „Die Hemmschwelle der Gewalt" beschäftigen werden." „Sehr gut, "ES"! Schon der Titel verrät mir, dass es kein besonders lustiges Thema sein wird." „Nein, liebe Estrie, das ist es bestimmt nicht – aber spannend wird es, davon bin ich überzeugt." „Also gut, "ES", dann bis später!"

Die „lauernde Hemmschwelle" der Gewalt

Drei sind, die da herrschen auf Erden - die Weisheit, der Schein und die Gewalt.

von Johann Wolfgang von Goethe

Wo es Klugheit gibt, da schafft die Gewalt nichts.

von Herodot von Halikarnassos

Gewaltlosigkeit ist der einzige Weg, auf dem wir ein gewisses Maß an Freiheit zurückgewinnen können, vielleicht auch erst nach Jahren der Geduld.

von Dalei Lama

Wäre ich in diesem Augenblick der Ruhe und Besinnung mit dir gemeinsam als denkendes körperliches Lebewesen der höheren geistigen Ordnung auf der Oberfläche meines Heimatplaneten Venus, würde ich dir jetzt einen „guten Morgen" wünschen, lieber „ES". So wie uns die aufgehende, warm scheinende Sonne am Horizont des Planeten Trampton zulächelt, fällt mir das nicht schwer." „Danke, liebe Estrie, ich konnte mich nur sehr schwer aus meinen Träumen losreißen, die mich in ein weit entferntes Sonnensystem geistig reisen ließen." "Hatte das vielleicht eine gewisse Bewandtnis aus einem einmal „Erlebten" während deiner Reisen im materiellen Universum?" „Eigentlich weniger! Ich denke, ich werde möglicherweise auf einige dieser Traumerlebnisse zurückgreifen können. Lass uns darüber, liebe Estrie, zu einem späteren Zeitpunkt diskutieren. Jetzt räumen wir das gedanklich erst einmal beiseite und widmen uns unserem neuen Thema – „der Gewalt". Wir wollen ja in der gemeinsamen Diskussion ergründen, inwieweit eine so oft zitierte „Hemmschwelle", also ein von der Vernunft festzementiertes „Stoppschild" einfach so „überfahren" werden kann, und wenn ja – warum? Vielleicht liegt es daran, dass einige Angehörige dieser Spezies denkender körperlicher Lebewesen der höheren geistigen Ordnung ihre Vernunft in irgend einem dunklen, vernebelten Verließ ihres Denkzentrums eingelagert haben, damit das rechtzeitige Erkennen dieses wichtigen „Stoppschildes" aus dem geistigem Blickwinkel verschwinden würde – möglicherweise ist das so!

Diese „Stufe", ich bleibe vorerst bei dieser Formulierung für die Hemmschwelle, hat für das allumfassende „Handeln" von denkenden körperlichen Lebewesen der höheren geistigen Ordnung, unabhängig davon, auf welchen Planeten sie zu Hause wären, unstrittig seine Bedeutung für das soziale Verhalten in seiner Gesamtheit.

Bliebe, unabhängig von der Vernunft, noch die Logik - als die Wissenschaft des folgerichtigen Denkens und die Ethik - als die Wissenschaft des rechten Handelns. Um ihre moralischen Inhalte und ihre handlungsorientierten Anforderungsprofile wirklich zu verstehen und zu „fühlen" – wirklich zu fühlen, bedarf es - nicht nur aber auch – eines gewissen allgemeinen Bildungsstandes und einer moralischen Reife für das mentale Erkennen des wahren „Seins" und der „Wirklichkeit".

Und das genau setzt die Anwendung und die Befürwortung von Gewalt eben nicht voraus. Ganz und gar nicht! Sie, also die Gewalt braucht, um anerkannt und wirksam handeln zu können, Männer und Frauen dieser Spezies, die nur ihren abartigen und paranoiden Charaktereigenschaften nachhetzen, und natürlich auch darin eine Befriedigung ihres eigenen abstrusen und verwerflichen Handelns zu rechtfertigen. So ein unwürdiges und zutiefst verachtendes Vorgehen ist doch nicht beeinflusst von manisch – depressiven Zwängen, oder einer „magischen, göttlichen Kraft". Sondern ist einzig und allein abhängig vom Willen zum eigenen „Wollen". „Ich will es so – basta und Punkt"!!!

Genau so und nicht anders denken sie! Weder treibt sie ein so genannter Befehl, die Dienstverpflichtung eines Vorgesetzten noch eine Verantwortlichkeit gegenüber anderen an. Sie tun es, weil sie es so und nicht anders „Wollen". – So ist das und nicht anders.

Ich muss bei solchen Gedanken an die vielen Frauen der Spezies denkender körperlicher Lebewesen der höheren Ordnung auf den verschiedenen bewohnten Planeten denken, die von ihren Männern geschlagen, geschändet und gedemütigt werden! Nicht weil es dafür eine Anordnung gäbe - bestimmt nicht! Sondern weil diese Art „Männer" es nur so „wollen". Selbst dann, wenn solche perfiden Handlungen strafrechtlich relevant geahndet werden. Für solche Männer ist eine Frau keine Frau, sondern in erster Linie „ihr Eigentum" – sein uneingeschränkter Besitz und Erfüllungsgehilfe seiner grenzenlosen
Gier.

Signifikant für so ein abartiges Verhalten von Männern gegenüber Frauen und Kindern ist der triebhafte Wille, mit Gewalt bei Frauen und Kindern alles zu praktizieren, nicht um ihre sexuelle Lust auszutoben, sondern das „Opfer" mit hemmungsloser Gewalt zu sexuellen Handlungen zu zwingen, die sie besonders erniedrigen, demütigen und unterwerfen. Bei solchen „Handlungen" geht es nicht um angenehme Lustgefühle – ganz sicher geht es darum nicht!

Wie sollte es bei solchen sexuellen Gewalthandlungen, die es ja auch zwischen Männern gibt, zu einem sexuellen Wohlbefinden kommen, wenn sich so ein „Geschlechtsverkehr" im Mastdarm eines Mannes abspielt, in dem die Fäkalien eigentlich entsorgt werden sollen. Nein danke! Es geht bei diesen „Männern" um die hemmungslose Praktizierung von Gewalt, Demütigung und Erniedrigung des Opfers, ob das nun ein Mann eine Frau oder ein Kind ist, spielt dabei keine entscheidungsrelevante Rolle. Von einer bestehenden Hemmschwelle, gleich wo sie sich gerade mental oder gefühlsorientiert aufhalten sollte, kann da nicht mehr gesprochen werden. Sie ist praktisch gleich „Null". Solche Handlungen sind derartig übel, dass es einem schwer fällt, die passenden Worte dafür zu finden. Der guten Ordnung halber möchte ich zu diesem Thema anmerken, dass natürlich nicht alle Männer dieser Spezies sich so abartig verhalten.

Kein denkendes körperliches Lebewesen der höheren geistigen Ordnung „muss" bestimmte Sachverhalte „Denken", oder „muss" „Handlungen" durchführen, die es nicht wirklich „will". Niemand muss das!!!

Von Jean-Jacques Rousseau, einem Philosophen vom Planeten Erde stammt der Satz - „Die Freiheit des Menschen liegt nicht darin, dass er tun kann, was er will, sondern daß er nicht tun muß, was er nicht will."

„Was hälst du davon, liebe Estrie, wenn wir für den Anfang unseres Gespräches einmal über diese „Hemmschwelle der Gewalt" diskutieren, die man eigentlich bei dieser Spezies denkender körperlicher Lebewesen der höheren geistigen Ordnung erwarten könnte. Vorallem dann, wenn sie mit „großem „Hurra und aufwendigem Getöse" dabei sind, sich gegenseitig auf die abscheulichste Weise zu zerhacken, zu verbrennen, oder auf eine andere abartige Vorgehensweise abzuschlachten. Das „Abschlachten" ist von mir keine maßlose Übertreibung, das kannst du, liebe Estrie, tatsächlich wörtlich nehmen." „Ich verstehe dich sehr gut, „ES". Allein nur solche Gedanken an so ein „Verhalten" senkt meine Brechreizschwelle in Richtung einer großen „Null! Das ist selbst für uns als Geistwesen so grenzenlos widerlich, dass es einem sehr schwer fällt, nicht gänzlich zu verzweifeln – entschuldige „ES", mir wird übel! Ich meine geistig!" „Liebe Estrie, bemühe dich deinen Geist zu besänftigen. Wir können so ein abstruses Verhalten bei dieser Spezies nicht ändern – leider! Aber, so ist das eben! Ein

Trost lässt sich bei der Gesamtbetrachtung dieses krankhaften Handelns schon erkennen. Alle Männer dieser Spezies verhalten sich nicht so, und lassen sich von ihrer, von der Schöpfung gegebenen Vernunft leiten. Vielleicht findet dieses dunkle und höchst üble Handeln, das gegebenenfalls auch seine Begründung im Verhalten der zuweilen recht rätselhaften „Hemmschwelle", mit ihrer scheinbar unkontrollierten und grenzenlos auftretenden Unbeherrschtheit und in ihrer schrankenlosen Gewissenlosigkeit hat, nur als Vorbote für die sich zielstrebig in das mentale Gedankengut dieser Spezies einschleichenden „Gier" statt, liebe Estrie – möglicherweise? Noch ein paar Sätze zur „Hemmschwelle."

Auf einigen bewohnten Planeten dieser Spezies denkender körperlicher Lebewesen der höheren geistigen Ordnung konnte ich beobachten, dass „Sie", also die von mir genannte Spezies, erst nach besonders intensiver Suche von zur Lust weckenden und stimulierenden Beweggründen für ihr scheinbar „krankhaftes Handeln" bereit ist, völlig irrige und lebensfeindliche Verbrechen an ihrer eigenen Art auszuüben. Selbst auch dann, wenn diese gegen jede vernünftige Verhaltensweisen in einem sozial geordneten Gemeinwesen verstoßen und strafrechtlich verfolgt werden. Diese, durch eine allgemein verbindliche Erziehung, Moral und Gesetze aufgebaute „Hemmschwelle", wird in aller Regel nur in besonderen Situationen, meist grob fahrlässig oder vorsätzlich überwunden.

So eine scheinbar geheimnisvolle „Hemmschwelle" kann natürlich auch bei einer so genannten „Gefahr von außen", für das eigene Leben und das besitzende Eigentum überwunden werden. Diese - zweifelsohne existierenden Beweggründe bei dieser Spezies, werden in perfider Weise von einigen ausgekochten, geldgierigen und machtbesessenen Männern und zu einem geringen Teil auch von Frauen genutzt, um die beste aller Geld- und Macht vermehrenden Maßnahmen auf den berühmten „Rücken" der kleinen Leute zu realisieren. Ich meine damit die skrupellose und hemmungslose

Ausbeutung und Vernichtung der eigenen Art durch kriegerische Konflikte. Was treibt diese Spezies, außer der Gier nach Macht und Geld, zu so einem verwerflichen Handeln an? Was veranlasst diese Spezies ihre, von der Schöpfung gegebenen Vernunft, in eine nebulöse geistige Kammer zu sperren und die warnende Hemmschwelle, bezüglich der Anwendung von Gewalt, auf „Null" zu setzen. Zwei interessante und sehr schwierige Fragen.

Ebenfalls beachtenswert, faszinierend und fesselnd ist die Frage nach der Ursache von kriegerischen Auseinandersetzungen, gleich welcher Art. Und zwar nicht nur deshalb, weil sie auf einer meist gängigen oder vorgefertigten Meinung fußt.

In den meisten Bevölkerungsgruppen hört man dazu lapidar – „Kriege bei denkenden körperlichen Lebewesen der höheren geistigen Ordnung auf den verschiedenen bewohnbaren Planeten gab es schon immer und wird es wohl auch immer geben". Jedenfalls solange, wie diese besondere Spezies in der Evolution existiert. Auf die Geisteshaltung eines Affen oder der eines Kamels abgestuft, würden sie, also diese Spezies, deutlich weniger Unheil anrichten und bleibende Schäden hinterlassen. Aber gut, bei Affen und Kamelen sind die Komplizen der Gier und der Habsucht, als Triebfeder allen Übels, auch geistig nicht beheimatet.

„Entschuldige bitte meine Unterbrechung, „ES", ich würde gern zu diesem komplexen Thema, die drei Fragen mit eingeschlossen, ein paar interessante Gedanken hinzufügen." „Eine gute Idee von dir, liebe Estrie, ich höre dir gern zu."

Bevor ich auf dem Wasserplaneten Azerohn ankam, belauschte ich zum Thema einer bestimmten Weltordnung und Kriege, die darin eingebunden sein sollten oder sind, ein höchst interessantes Gespräch zwischen der geistigen Mutter und Meisterin von diesem besagten Planeten Azerohn, sie nennt sich Oiselia, und vermutlich einer Schülerin. Die Thematik war rein theoretischer Natur, da auf diesem Planeten Kriege oder ähnliche Auseinandersetzungen unbekannt sind. Sie vertritt die Meinung, dass es vermutlich auf die gesellschaftspolitische Struktur einer Weltordnung ankäme, derentwillen Kriege möglicherweise geführt werden sollten, wenn alle Bemühungen des politischen Handelns den Frieden zu wahren, versagen sollten. Ich kann so eine Meinung nicht nachvollziehen.

Der Krieg auf meinem Heimatplaneten hat unsere gesamte Existenz zerstört und unseren Planeten selbst an den Abgrund seines Bestehens gebracht. Vermutlich kommt Oiselia zu so einer rein theoretischen Annahme, weil auf ihrem Planeten Azerohn selbst nur das Wort „Krieg" keine gesellschaftspolitische Akzeptanz hat.

Verbleibt eine wichtige Frage, die möglicherweise auch Grundsätze der Philosophie berührt - sind Kriege und kriegsähnliche Maßnahmen und Zustände zur Erhaltung von politischen Machtstrukturen in letzter Konsequenz notwendig und - was schwerer wiegt, gerechtfertigt – gegebenenfalls auch nur ansatzweise?

Um so eine sehr schwierige Frage möglicherweise beantworten zu können, verlagern einige ausgefuchste Politiker, skrupellose Militärs und gelehrte Rechtswissenschaftler dieses Thema gern auf gesellschaftspolitische Rechtsgrundsätze und religiös determinierte Glaubensdoktrin, um die so genannte existentielle Aufrechterhaltung der „Weltordnung" gewährleisten zu können. Was objektiv betrachtet, nur so als Beispiel von vielen anderen - in der Geschichte der Menschheit - eine Spezies denkender körperlicher Lebewesen vom Planeten Erde nicht der Fall war. Jedenfalls nicht bis zum jetzigen Zeitpunkt. Im Gegenteil! Die Gräueltaten des Krieges in all seiner lebensfeindlichen Form nehmen an Intensität ständig zu, als gäbe es keine anderen, vor allem friedliche Lösungen.

Und was gesellschaftliche Rechtsgrundsätze betrifft. Voraussetzung dafür sind doch relativ einheitliche Lebensgrundlagen auf einem bewohnten Planeten. Wie zum Beispiel - geologische Formationen, klimatische Verhältnisse, Rohstoffvorkommen, Trinkwasser und nicht zuletzt denkende körperliche Lebewesen der höheren geistigen Ordnung mit all ihren unterschiedlichen Interessen, Fähigkeiten, Bildung und Zielsetzungen für den Sinn ihres Lebens.

Und überhaupt! Was versteht man unter Recht und Gesetz, wenn wir schon über Rechtsgrundsätze debattieren. Was sollte sich ein denkendes körperliches Lebewesen der höheren geistigen Ordnung vorstellen, wenn es über Gesetze nachdenkt? Ich bin zwar kein Rechtswissenschaftler, aber so viel weiß ich. Gesetze beinhalten einerseits alle abstraktgenerellen Rechtsnormen, die grundsätzlich das allgemeingültige Verhalten von denkenden körperlichen Lebewesen der höheren geistigen Ordnung auf den verschiedenen bewohnbaren Planeten regeln, und andererseits formell jeden im verfassungsmäßig vorgesehenen Gesetzgebungsverfahren zustande gekommenen Willensakt der Gesetzgebungsorgane eines Staates, eines Landes oder des eines ganzen bevölkerten Planeten mit einbeziehen.

Letztlich, und das sollte man nicht völlig außen vor lassen, ist der Gesetzesbegriff immer mit der politischen Struktur der jeweiligen Staatengemeinschaft verbunden, für welche das Gesetz gelten soll. Da die Gerichte bei der Kontrolle der Exekutive an das Gesetz gebunden sind, dürfen sie in ihren Entscheidungen nur materielles Recht, also Verfassungsrecht, alle förmlichen Gesetze, allgemeine Rechtsverordnungen, autonome Satzungen und natürlich auch Gewohnheitsrecht zugrunde legen.

Schon an dem „Wenigen", „ES", was ich zu diesem Thema „gesellschaftliche Rechtsgrundsätze" sagte, lässt sich unschwer erkennen, dass solche Kriegsentscheidungen, also das „Ja" oder „Nein" zu einem Krieg auf dieser Basis auf einem Planeten mit all seinen von mir beschriebenen Unterscheidungsmerkmalen nicht gelöst werden sollte – und, auch bei allem Bemühen in letzter Konsequenz nicht gelöst werden kann – natürlich nicht!

Einen Krieg zu beginnen und durchzuführen entscheidet bestimmt nicht die Politik, sondern einzig und allein ganz gewichtige Wirtschaftskreise. Die Politiker und die Militärs sind dafür lediglich nutzbare Erfüllungsgehilfen.

Und was die Glaubensgrundsätze von Religionen betrifft – sie dienen einzig und allein der befohlenen Gefolgschaft des von einem aus dem Ärmel gezauberten Gottes und seinen angeblich heiligen Worten die da lauten können – „tötet die Ungläubigen, die räudigen Hunde". Wohlgemerkt, solche Worte nimmt ein Gott in den Mund – beachtlich, sehr beachtlich! Na, vielleicht ist es doch eher sein „Stellvertreter auf Erden!

Es soll Götter geben, die so etwas anordnen – aber klar! Der guten Ordnung muss man allerdings hier hinzufügen, dass das die Götter sind, die man selbst nach einem bestimmten Anforderungsprofil geschaffen hat und schon deshalb alles tun, was die Stellvertreter dieser Art Götter anordnen.

Ein Gott hat nichts anzuordnen! Na, das fehlte noch! Man stelle sich vor, ein Gott könnte aktiv und zeitnah in die schändlichen und verbrecherischen Handlungen von denkenden körperlichen Lebewesen der höheren geistigen Ordnung eingreifen?! Na das gäbe vielleicht einen Schreck bei seinen so tiefgläubigen Anhängern, und gewollt wäre das sicherlich nicht – ganz und gar nicht! Oder – so ein Gott würde anordnen – mal nur so als Beispiel – „Du, denkendes körperliches Lebewesen, sollst nicht töten"! Aus und vorbei wäre es für immer mit allen Formen von kriegerischen Auseinandersetzungen.

Ich darf doch bitten, wer will denn sowas. Ja gut, die denkenden körperlichen Lebewesen, die man als Mittel zum Zweck bräuchte, und die aus einem Krieg grundsätzlich keinerlei Vorteile erzielen, sondern nur Tod, Schmerzen und Elend ertragen müssen – schon möglich, dass sie dagegen sind. Denkende körperliche Lebewesen, die mit Liebe im Herzen und mit Vernunft im Kopf ihr Leben meistern sicherlich, sie werden Kriege grundsätzlich ablehnen - und das Töten und das schreckliche, verachtenswerte Abschlachten ihrer eigenen Art sowieso!

Allein die Wissenschaften der Logik und der Ethik bieten ausreichende Grundlagen dafür, sich friedlich zu einigen – auch ohne Götter und ihren Stellvertretern auf den verschiedenen bewohnbaren Planeten. Also - was ist es dann, was Kriege als eine angebliche Fortsetzung der Politik nur mit anderen Mitteln so zwingend erscheinen lässt?!

„Halt mal kurz inne, liebe Estrie, dazu habe ich ein paar interessante Gedanken." „Gut, „ES", dann lass mal hören!"

Also - was ist es dann, was Kriege als eine angebliche Fortsetzung der Politik nur mit anderen Mitteln so zwingend erscheinen lässt?! Wenn ich diese Frage untersuche und dabei Politik und Wirtschaft unter einem gemeinsamen Überbau bringe, fällt es mir wie Schuppen von den Augen. Es geht nicht um scheinbar unlösbare politische Konflikte - nein und nochmals nein! Die Triebfeder für diese abartige, lebensfeindliche Abschlachterei manifestiert sich in den Bereichen Geld und Macht – die geliebten Gesellen der Gier und der Machtbesessenheit - oder kurz - „der wahre Geist des Krieges".

Der Geist des Krieges mit all seinen schrecklichen und grausamen Gedanken bewegt sich zielstrebig und erfolgsorientiert zu den Führungsköpfen der Wirtschaft, des Handels, der Dienstleistung und zu den großen Religionsgemeinschaften. Wohlgefällig sucht er sich einen Platz in ihren Denkzentren, und verdrängt den Rest von Vernunft, Verstand, Liebe und Barmherzigkeit für die ja eigentlich der selbstgebastelte Gott zuständig sein sollte - eben - sollte!!!

Ach ja – die „Würde" für alle denkenden körperlichen Lebewesen der höheren geistigen Ordnung soll es ja auch noch geben.

Ein scheinbar allmächtiger Gott im Himmel, über den ein bösartiger Geist des Krieges triumphieren würde?! Was soll denn das für ein Gott sein? Na, ich darf doch bitten! Bestenfalls wäre er ein erbärmlicher, nichtsnutziger Feigling! Im Volksmund würde man vermutlich Waschlappen oder Witzfigur zu ihm sagen! Es sei denn, er wäre grundsätzlich nicht verständig, liebevoll und barmherzig, sondern ist das, was seine Initiatoren mit dieser himmlischen Figur beabsichtigten! Er soll ja habgierig, grausam und sichtlich ohne Verstand sein. Wie sollten sonst die Obergurus von Religionen ihre machtgierigen und doch so erbärmlich miesen Ziele erreichen können?! Eben! Diese Gurus müssten doch eigentlich wissen, dass sie nach Ablauf einer relativ kurzen Lebensspanne, gemessen am Leben eines bewohnbaren Planeten, vier Meter tief in der Erde als Festmahl für die Würmer verbuddelt werden und zwar für immer und ewig! Das ist absolut sicher! Da helfen auch keine Organtransplantationen, oder ein befristetes Einfrieren, nichts – überhaupt nichts! Was soll also diese maßlose Gier nach scheinbarer Macht und Berge voller Geld. Das ist doch krank - im hohen Maße paranoid und krank!!! Solchen Leuten fehlen doch so ziemlich alle Ziegel auf dem Dach!!! Aber gut – wieder zurück zum Krieg.

Ein Krieg ist in erster Linie ein Geschäft! Nirgends, bei keiner noch so liederlichen und oberflächigen Arbeitsweise, werden Gerätschaften für den täglichen Bedarf so schnell vernichtet, wie bei kriegerischen Auseinandersetzungen. Das ist ja auch ein Teilgebiet seiner Aktivitäten, und daran wird verdient, und zwar nicht zu knapp, sondern sehr ordentlich – so soll das ja auch sein! Wenn dem nicht so wäre, würde man solche Verlustgeschäfte tunlichst lassen, und zwar sofort! Nur dem eigenem Gott zuliebe Leute abmurksen, Geld ausgeben und mit einer üblen geschundenen Gesundheit wieder an den heimischen Herd zu Muttern kriechen? Wer will denn sowas? Na, ich darf doch mal bitten! So bewundernswert und anbetungswürdig ist der selbstgebastelte Gott aus dem Hut nun auch wieder nicht! Schließlich muss man auch an sein eigenes Hemd denken, und das befindet sich bekanntlich deutlich näher am eigenem Körper als der Rock – versteht sich allemal!

Stell dir vor, liebe Estrie, zugegeben mal etwas flapsig gedacht, die tapferen Männer schreiten kampfesmutig in eine Schlacht. Aber - nicht wie sonst gewollt und angeordnet – nein! Sondern splitterfasernackt! Jawoll! Nackt und ohne irgendwelchen Waffen, Uniformen, Gerätschaften, Fahrzeugen, Pferden und sonstigen Hilfsmitteln. Der Gegner zieht natürlich in gleicherweise zum Kampf auf – auch klar.

Nun zu meinen, diese Männer könnten sich mit ihren Händen und Füßen nicht gegenseitig, und zum Wohle ihres Gottes und der wenigen ausgekochten, und von der unbändigen Gier beeinflussten Initiatoren und Rädelsführer - abmurksen, verstümmeln und tottrampeln, der irrt sich! Und zwar gewaltig!

Die Phantasie dafür, einen angeblichen Gegner mit bloßen Händen und Füßen gewaltsam unter die Erde zu befördern, oder zum Krüppel zu schlagen kennt keine grundsätzlichen Grenzen. „Aber" – und hier steht dieses kleine und so gewichtige Wörtchen. Wer von den wenigen Initiatoren, die Kriege planen, vorbereiten und auf Maximalprofite aus sind, sollte denn an nackten Männern auch nur einen kleinen Cent verdienen können? Na, ich darf doch mal kräftig lachen. Mit nackten Kriegern würde kein denkendes körperliches Lebewesen der höheren geistigen Ordnung auf bewohnbaren Planen im Universum einen Krieg anzetteln wollen, geschweige denn

durchführen lassen – eine ganz klare Sache!!!
Völlig unvorstellbar ist in diesem Zusammenhang auch, wenn es nicht nur nackte Soldaten, sondern auch noch nackte Soldatinnen auf dem Schlachtfeld der Ehre gäbe. Na, das wäre ja alles, nur kein Krieg. Da sieht man wieder den Vorteil, wenn Soldaten so in den Krieg ziehen, wie sie es sollen – mit allen möglichen Vernichtungswaffen, Giften und in prächtigen Uniformen – versteht sich! Dann dürfen selbstverständlich auch Frauen dabei sein – auch klar!

Natürlich muss so eine Kriegsvorbereitung, und der Krieg selber erstmal vorfinanziert werden. Für diesen Geldgeberkreis entstehen also vorerst Kosten. Allerdings verbunden mit der freudigen Erwartungshaltung, dass die zu erzielenden Gewinne die Kosten wieder hinwegspülen und ein satter Betrag übrig bleibt, oder genauer formuliert, bleiben sollte! Versteht sich!

Das allerdings ist der wunde Punkt am Nabel des Geschehens! Es „sollte" also bei der Planung so eines Eroberungskrieges tunlichst darauf geachtet werden, dass das zu erobernde Land über ganz erhebliche Reichtümer, Fabriken und Bodenschätze verfügt.

Ein Land mit Krieg zu überziehen, das einer öden und endlosen Wüstenlandschaft gleicht, nur bettelarme Männer, Frauen und Kinder wohnen, und auch unter der Erde so eines armen Flecken Erde nichts zu finden ist, was man zu Geld machen könnte, wird natürlich vom Krieg verschont – das wäre ja ein reines Verlustgeschäft, was nicht unbedingt sein muss. Es gibt ja auch noch andere Länder und deren Bevölkerung, die was haben, was sich lohnt zu holen und - so möglich, nicht unbedingt zur gleichen Glaubensgemeinschaft gehören sollten. Das könnte zu Komplikationen bei den einfachen Soldaten führen. Was natürlich nicht erwünscht ist.

Deutlich vorteilhafter sind für die Zwecke eines Raubkrieges die Bewohner eines Landes, die zu den Ungläubigen - oder Andersgläubigen gehören. Die auf dem Feld der Ehre abzuschlachten ist natürlich mutig und ehrenhaft – was sonst. Na, ganz so übel und skrupellos sind die tapferen Männer in Uniform wiederum nicht. Sie müssen ja schließlich bei ihrer kämpferischen Arbeit bis an die Grenzen des Ertragbaren gehen.

Es ist für einen Außenstehenden nicht so leicht zu verstehen, was Soldaten bei ihrer aufopferungsvollen Arbeit durchmachen müssen. Wirklich nicht! Mit ganz erheblichen Widerwillen müssen sie gegebenenfalls Frauen und Kinder, also keine Soldaten, mit Flammenwerfern abfackeln, oder mit der Kraft von explodierende Granaten und Bomben zerfetzen und mit chemischen und atomaren Kampfmitteln flächendeckend ausrotten. In der üblichen Kriegssprache nennt man solche Verluste an der Zivilbevölkerung leichthin "Kollateralschäden". Gemeint sind damit besonders –

Totalschäden an Bauobjekten, oder die völlige Zerstörung von Wohnanlagen und ganzen Siedlungen durch Flächenbombardements, Angriffen mit Bomben, Granaten und Raketen, oder Folgebränden. Verunreinigungen und Verseuchung von Bewuchs, Böden und Gewässern durch Reste von Uranmunition. Missbildungen bei der Zivilbevölkerung, die durch die Versprühung von hochgiftigen chemischen Kampfstoffen verursacht werden. Verstümmelungen und Tötung von Zivilisten durch Landminen. Tötung von Wildtieren, Vieh und Zivilpersonen durch Soldaten. Besonders ist das bei der Verwendung von Atombomben der Fall. Hier werden in Sekundenbruchteilen ganze Städte samt Bewohner verbrannt, verseucht und verstümmelt.

Wahrlich, das ist kein beruhigender Anblick, sich diese restlichen blutenden Fleisch- und Knochenreste von gewesenen Männern, Frauen und Kindern ansehen zu müssen. Da ist besondere Tapferkeit und Standfestigkeit gefragt. Natürlich auch ein fester Glaube an den eigenen Gott. Der hat ja schließlich alles angezettelt. Wird jedenfalls behauptet. Die Schuldfrage, so sie jemals ein denkendes körperliches Lebewesen der höheren geistigen Ordnung stellen sollte, wird zweifelsfrei und einhellig geregelt. Wer zu Taten anstiftet, haftet! Eine klare Sache! Und das Wort „Sünde" wird sowieso aus dem Sprachschatz der Soldaten entfernt.

Wie man, sollte das möglicherweise einmal zur Sprache kommen, den lieben Gott im Himmel für seine Anordnung, Befürwortung oder nur der verbalen Anzettelung zum Krieg haftbar machen sollte, so es gewollt wäre, bleibt im hohen Maße im trüben Nebel verschlungen.

Das Ichbewusstsein eines denkenden körperlichen Lebewesen der höheren geistigen Ordnung auf einem bewohnbaren Planeten, einige dieser Spezies sagen auch Seele dazu, insbesondere das eines kämpfenden Soldaten, und die jeweilige geistige Verfassung und Herzensbildung so eines tapferen Gotteskriegers wird, und ich glaube das versteht ausnahmslos jedes mitfühlende Lebewesen dieser Spezies, bis an die äußerste Grenze des Erträglichen belastet. Und damit meine ich nicht die körperliche Belastung, wenn ich das mal etwas ernsthafter beleuchten darf.

Gut – so könnte man meinen, dazu haben sie sich ja bereit erklärt, sich entschieden und möglicherweise einen Soldateneid geleistet. Diese Personen, die so denken und urteilen lassen oftmals völlig außer ihrer Betrachtungsweise, dass so eine Entscheidung, also Soldat zu werden, oft von oberflächlich überlegten und aus vorschnell entschiedenen Beweggründen getroffen wird. Ein typischer Grund dafür ist - nur so als Beispiel von vielen anderen - die schon leicht gierige Verlockung im wachwerdenden Gedankengut des kriegerischen Geistes, in möglichst kurzer Zeit schnell, unverletzt und unproblematisch reich, oder wenigstens berühmt werden zu können. Oder, auch das soll vorkommen, als siegreicher Held, mit vielen Orden geschmückt, nach Hause zu kommen. Manch einer von ihnen bekommt eine große Machtposition, oder wird möglicherweise sogar Präsident eines Landes – wer weiß?!

Das dem nicht so ist, und ausschließlich den wenigen machtbesessenen Initiatoren von Kriegen ausnahmslos vorbehalten bleibt, erkennen Soldaten spätestens dann, wenn ihnen so eine bösartige Granate ein Bein wegfetzt, eine heimtückische Gewehrkugel ihren Bauch aufreißt und sie unter schrecklichen Schmerzen plötzlich ihre Eingeweide sehen können. Das ist nicht lustig!!!

Weil das auch ein Teil von Kriegen ist, zugegeben ein sehr unerfreulicher, wird natürlich äußerst ungern darüber gesprochen. Zumal mit solchen halbtoten und verstümmelten Soldaten und Soldatinnen nichts mehr anzufangen ist. Es sei denn, man kann einige von ihren unbeschädigten Körperteilen für eine Organtransplantation verwenden. Besonders für solche „ältere reiche Herrn" in goldglänzenden Uniformen, oder teuren dunklen Anzügen, die vor lauter geistiger und seelischer Last, die sie an Verantwortung zu tragen haben, ihre eigenen Organe gesundheitlich schädigen und ersetzt werden sollten – auch möglich!

Unabhängig davon würde man natürlich am liebsten diese zerfetzten Reste ehemaliger stolzer Kämpfer für Recht und Freiheit, praktisch die Helden der Nation, schnellstens und möglichst ohne großem öffentlichen Aufsehen in der Erde verbuddeln, oder als wehende Rauchsäule durch den Schornstein eines Krematoriums blasen, damit sie aus dem Bild der Öffentlichkeit verschwinden.

Ganz mathematisch gedacht! Für jeden halbtoten und toten Soldaten der nicht mehr kämpfen kann – weil, eben weil - muss ein anderer Kämpfer her, der es noch ungebrochen will und vorallem fest daran glaubt, dass er in kurzer Zeit berühmt und reich werden könnte – so läuft das ab und nicht anders! Und so galoppiert der

Krieg munter und geschäftstüchtig dahin – und das möglichst lang, weil – auch klar!

Das mag sich alles furchtbar grausam und abweisend anhören – möglicherweise?! Es kommt vermutlich darauf an, wie und in welcher Weise ein Mann, eine Frau oder ein Kind von solchen kriegerischen Handlungen betroffen sind. Steht ein Mann wie ein wilder Stier kampfesmutig an der Front, gut dann steht er halt dort und wartet auf den Gegner. Oder er sitzt gemütlich, satt an Leib und Seele, fernab von dem Getöse am warmen Kamin in einer Luxusvilla. Wie heißt ein Sprichwort so treffend - „der bessere Teil der Tapferkeit, ist die Vorsicht." Eine völlig klare Sache! Allerdings nur dann, wenn wenige denkende körperliche Lebewesen der höheren geistigen Ordnung so denken, sonst wird nichts mit einem Krieg.

Aber – schon wieder dieses eigenwillige Wort – dafür haben die wenigen ausgekochten Obergurus einen Gott geschaffen, der regelt das schon – jedenfalls meistens.

„Wenn du erlaubst, „ES" habe ich ein paar zutreffende Gedanken, allerdings mehr aus Sicht der wirtschaftlichen Ertragsseite so eines Krieges." „Eine gute Idee, liebe Estrie, dann laß mal hören!"

Es gibt allerdings, jedenfalls aus meiner Sichtweise, auch noch eine völlig andere und, so scheint es auf den ersten Blick, eine positive Seite eines Krieges zu geben. Jede Granate, jede Gewehrkugel, jede Bombe und lauter solches Kriegsgerät hat, jedenfalls an der Lebensdauer eines Kochtopfes gemessen - nur wieder so als Beispiel - eine wesentlich kürzere Lebensdauer. Das bedeutet, dass solche Kriegsartikel in einem Krieg ständig schnellstens nachgerüstet werden müssen, wenn die tapferen Soldaten nicht plötzlich mit leeren Händen und wie ein nackter Affe dastehen sollen und nichts zum Schießen besitzen. Der Gegner wartet schließlich nicht ewig darauf, bis der Nachschub ankommt. Also, so ein außerordentlich schneller Verschleiß von Kriegsgerät jeglicher Art - das schafft hurtig sehr viele, und meist gut bezahlte Arbeitsplätze und – nicht zu vergessen – eine große Menge Geld. Natürlich nicht für die Arbeiter. Beileibe nicht! Soweit geht die Kameradschaft ja nun wieder nicht! Beurteile ich diesen sprunghaft ansteigenden Verbrauch, besser ich sage „Vernichtung" von allem möglichen Materialien mit einem zweiten Blick, führt das letztlich zum rapiden Raubbau von Ressourcen auf einem Planeten.

Ich möchte meine Gedanken auch denen widmen, die an der so genannten „Front", was immer das auch sein sollte, ihren Kopf hinhalten müssen, oder wollen. Ich stelle mir dafür einen bewohnten Planeten vor, indem eine Großmacht mit kriegerischen Mitteln dafür sorgen will, dass die Freiheit all seiner Bewohner verteidigt werden soll. Soweit die schöne Theorie. Die Praxis sieht für einen kämpfenden Soldaten an der Front völlig anders aus und hat mit verlockenden und wohlklingenden Worten nichts mehr zu tun.

Er muss - Befehl ist schließlich Befehl - nur mal so als Beispiel von vielen - mit seinem Flammenwerfer von Haus zu Haus stürmen und dabei harmlose Frauen und Kinder abfackeln, Hochzeitsfeiern in die Luft sprengen und andere solcher grausamen Handlungen jeden Tag abwickeln. Dafür erhält er natürlich Sonderurlaub, Auszeichnungen, Beförderungen und Verdienstorden. Ach ja – Geld gibt es natürlich auch. Und was seine Hemmschwelle betrifft, die hat Urlaub –praktisch Zwangsurlaub. Bei solchen unmenschlichen Metzeleien wäre sie nur „hinderlich!" Soweit so gut.

Kommt nun der tapfere Krieger unangemeldet nach Hause, so als angenehme Überraschung, um seinen erhaltenen Sonderurlaub mit seiner geliebten Ehefrau zu genießen, und erwischt dabei sein Eheweib mit einem anderen Mann im Ehebett, kann er nicht einfach den Liebhaber abmurksen oder erschlagen. Erledigt er das trotzdem kurzerhand in geübter Weise – seine Hemmschwelle ist ja in Zwangsurlaub - wandert er schnurstracks für den Rest seines Lebens ins Gefängnis.

Da hilft kein Ablasshandel, keine Vergebung der Sünde gegen Entgelt, oder inbrünstige Gebete zum göttlichen Herrn im Himmel! Der Bart ist ab, und zwar endgültig! Früher – also sehr weit früher ja gut, da entschied schließlich der allmächtige Herr im Himmel persönlich über so ein Verhalten. Eigentlich genauer gesagt, sein Stellvertreter mit seinen Erfüllungsgehilfen. Das funktioniert auf bewohnten Planeten, mit einer aufgeschlossenen und gebildeten Bevölkerung natürlich nicht mehr – weil? Ja weil zwischen dem wütenden Soldaten und seinem liebenden Gott einfach mir nichts dir nichts ein amtlicher Richter sich platziert, und ohne den Herrn im Himmel zu fragen, Urteile fällt. Ja gut – so ändern sich halt die Zeiten.

Das Gebot solcher allmächtiger Herren in irgendeinem Himmel – „du sollst nicht töten" - ist ja nicht so gemeint, dass es kein körperlich denkendes Lebewesen der höheren geistigen Ordnung tun soll. Nein - bestimmt nicht! Sonst gäbe es ja, konsequenterweise zu Ende gedacht, keine Kriege, oder Todesurteile.

Nur so als Beispiel! Da darf und soll man das, und so möglich, mit Hurra und rauschender Begeisterung – versteht sich! Besser wäre gewesen, der Herr im Himmel hätte sein Gebot – „du sollst nicht töten" - exakter formuliert, damit seine Kinder auf bewohnbaren Planeten sein Gebot nicht so auslegen könnten wie sie es gerade für erforderlich halten.

Nicht ganz unerheblich sind dabei die sorgenvollen Gedanken der Hinterbliebenen des abgeschlachteten Soldaten bei seiner Auferstehung in den göttlichen Himmel und dem Beginn des ewigen Lebens. Auch daran sollte man denken. Welchen Eindruck hinterlässt ein völlig zerfetzter Körper eines denkenden Lebewesens, der vor die himmliche Pforte gespült wird? Wie soll sich Gott mit diesem „Etwas" unterhalten können um zu entscheiden, ob die „Reste" dieses körperlichen Wesens in den Himmel oder zum bösen Teufel in die Hölle kommen sollten.

Ach ja – nicht zu vergessen - die vielen nackten Jungfrauen in diesem göttlichen Himmel, die bereits in erwartungsvoller Haltung auf ihren Helden warten, um mit ihm – na und so - wenn da nur einzelne Körperteile ankommen sollten??? Selbst wenn man unterstellen würde, dass das angeblich beste Stück so eines Soldaten in aufrechter Haltung und unverletzt vor der himmlischen Pforte stehen sollte – na, ich darf doch bitten!!! Da wird nichts mit einem himmlischen Techtelmechtel – na, und so weiter.

Es kommt auf den eigentlichen Grund an! Also „warum" soll, oder wird die Hemmschwelle eines denkenden körperlichen Lebewesens auf den Faktor „Null" reduziert, damit Angehörige dieser Spezies ungehemmt ihre eigene Art töten sollen. Die Betonung liegt dabei schwergewichtig auf dem Wörtchen „warum"! Wir sprechen hier nicht von der Tierwelt, lieber „ES", was für sich allein betrachtet schon schlimm genug wäre. Wir sprechen hier vom „Töten der eigenen Art", um das nochmals deutlich zu sagen.

Geht es, nur so als Beispiel, um die Freiheit der Menschen, um auf die Bewohner des Planeten Erde Bezug zu nehmen, oder meinetwegen um die umfangreiche Gewinnung von Bodenschätzen in einigen Ländern dieses von mir genannten Planeten, darf man schon – ich meine töten, und das auch so richtig – versteht sich! Da steht das warnende Stoppschild der Hemmschwelle, für die Anwendung von Gewalt, auf grün – und zwar ohne Einschränkung. Völlig anders verhält sich die Farbe des Stoppschildes der Hemmschwelle bei der Anwendung von Gewalt - nur wieder so als Beispiel - wenn so ein denkendes körperliches Lebewesen der höheren geistigen Ordnung seine eigene Frau, Freundin oder andere denkende körperliche Lebewesen der höheren geistigen Ordnung einfach so abmurksen möchte, nur weil er sich vielleicht persönlich bereichern will, sein loderndes Mütchen kühlen möchte, oder eben nur so, weil es Spaß macht - nana - das geht nicht! Und zwar überhaupt nicht! In solchen Fällen schaltet die Ampel der Hemmschwelle sofort auf „rot" – das ist sicher! Und zwar absolut sicher!!!

Es mag für das einzelne denkende körperliche Lebewesen der höheren geistigen Ordnung nicht immer so einfach sein, diese beiden völlig verschiedene Begründungen für das „Töten" der eigenen Art gedanklich und gefühlmäßig strikt zu trennen – schon möglich. Für solche Fälle schafft die Legislative, die Exekutive und die Judikative eines Staatengebildes auf bewohnbaren Planeten in der Regel die dafür notwenigen Gesetzesgrundlagen und Einrichtungen.

Wohlgemerkt - für solche „eigenmächtigen Handlungen" kommt bei diesen Gesetzesbrechern auf einigen bewohnten Planeten der unartige Kopf runter, wird ihm mit Strom der Garaus gemacht, der Hals mit einem Strick plötzlich in die Länge gezogen oder dieser Verbrecher landet für den Rest seines Lebens im Gefängnis oder in einer geschlossenen Anstalt. Soweit so gut!

Bleiben die vielen offenen Fragen, die angstvollen und mahnenden Hilfeschreie vom Bewusstsein des Tötenden, die innere Verfassung und seine Herzensbildung, die mit diesem menschenverachtenden Verhalten fertig werden müssen, und in den meisten Fällen nicht wollen oder nicht können.

Einige von ihnen bringen sich selber um, ersäufen sich im Alkohol und anderen Rauschmitteln, oder landen als körperliches Frack für den Rest ihres meist noch jungen Lebens in einer psychiatrischen Anstalt oder ähnlichen Einrichtungen.

Die grauenhafte Gewalt, nicht nur die eines Krieges, scheint offensichtlich in der haltlosen Gier nach uneingeschränkter Macht und grenzenlosem Reichtum begründet zu sein.

Ich bin mir trotzdem dessen sicher, lieber „ES", dass alle denkenden körperlichen Lebewesen der höheren geistigen Ordnung nicht dafür geschaffen sind, sich gegenseitig aus völlig unterschiedlichen Gründen abzuschlachten – es ist ihrer im hohen Maße unwürdig. Und davon bin ich zutiefst überzeugt.

Wenn ein körperlich denkendes Lebewesen der höheren geistigen Ordnung ständig etwas tun muss oder müsste, was es eigentlich nicht will, aber trotzdem klein bei gibt, gehört es in die Gattung der Affen und Kamele – so einfach ist das!

Von Jean - Jacques Rousseau, einem Philosophen vom Planeten Erde, stammt der Satz - „Die Freiheit des Menschen liegt nicht darin, dass er tun kann was er will, sondern dass er nicht muß, was er nicht will".

„Danke, liebe Estrie, ich hätte keinen besseren Gedankenschluss zu unserem, sicherlich nicht so leichten Thema treffen können. Es war anstrengend mit dir zu diskutieren und deshalb verlangt es meinen Geist nach etwas Ruhe.

Soweit ich das in deinen Gedanken erkennen kann, hast du bereits eine neue Thematik geistig in Arbeit – „das Raubtier der „Macht". Hört sich, so denke ich, auch nicht nach einer lockeren Diskussion an.

Also, was mich betrifft, ich ruhe mich erstmal eine Weile aus. Was wirst du in der verbleibenden Zeit tun, liebe „Estrie." „Was soll ich allein weiter unternehmen? Mit den Bewohnern dieses Planeten möchte ich ein späteres Mal Kontakt aufnehmen. So schnell wird mir das ja nicht davon rennen. Also, ruhen wir uns gemeinsam ein wenig aus. Bis später, „ES". Und eine angenehme Zeit in deinen Träumen.

Das „Raubtier" Macht

Kein Abschied auf der Welt fällt schwerer als der Abschied von der Macht.

Charles Maurice de Talleyrand

Die Soldaten und Soldatinnen kämpfen um zu siegen, doch die Nutznießer und die wahren Sieger sind immer die Herrscher.

Dietmar Dressel

Die Macht ist bösartig und unersättlich – erst stumpft sie uns ab gegen das Leid anderer Menschen und dann macht sie uns süchtig danach, denn nur das Leiden anderer verleiht uns die Gewissheit, dass unsere Macht über Sie ungebrochen ist. Im Gegensatz dazu will wahre Autorität nur das Beste für die Mitmenschen, ihr Wirken ist geprägt von Mitgefühl und Gerechtigkeit...

Sunzi (um 500 v. Chr.), alternative Schreibweisen: Meister Sun, Sun Tzu, Sun Tse, Ssunds, chinesischer General und Militärstratege, »Die Kunst des Krieges«

Einmal angenommen, ich würde über besondere Machtbefugnisse und operativ handfeste Machtmittel verfügen - was bei Geistwesen so sicherlich nicht möglich ist – weil, ja weil es von der Schöpfung so gewollt ist – „wäre" es mir – also nein, immer dieser verflixte Konjunktiv - vielleicht möglich, meinen lieben Freund „ES" aus seinem seligen Schlaf zu wecken.

Na - soll ja nur ein winzig kleiner Scherz sein. Ich denke, das spannende Thema über dieses ekelhafte „wilde Raubtier der Macht", wird er sich bestimmt, sowie ich ihn bis jetzt kennengelernt habe, nicht einfach so entgehen lassen."

„Ich möchte dir nicht widersprechen, liebe Estrie. Über das Thema mit dir zu diskutieren, wird mich mehr als nur geistig fesseln. Es ist ein profundes „Mittel", also dieses „Raubtier der Macht", wenn ich das mal etwas abstrus bezeichnen möchte, um denkende körperliche Lebewesen der höheren geistigen Ordnung, jedenfalls dann, wenn mehr als nur eine Person dieser Spezies existieren würde, in irgendeiner Weise verhaltensstrukturiert zu beeinflussen.

Also – liebe Estrie, damit meine ich, dass die auf diese Spezies einwirkenden sozialen und politischen Geschehnisse, und die in das reale Leben eingreifenden, ablaufprozessualen Handlungen, erst gedanklich weitestgehend schematisiert werden müssen. Denn am Anfang jedes Aktes, oder gleich welcher Vorgänge, auch die der konkreten Machtausübung, muss sich der dafür erforderliche Gedanke, ein geistiger Standpunkt, oder die Überlegung für eine bestimmte Vorgehensweise mental substantiieren und in einer bestimmten Art und Weise konstituieren. Also dafür geistige Fundamente ins Leben rufen. Folglich werden auch Gedanken, die eine zielgerichtete Macht gewinnen wollen, sich an solche geistigen Standpunkte fesseln, die schon über eine gefestigte Machtstruktur verfügen.

Du hattest vor geraumer Zeit mit deinem Freund Budhasan das Thema über die Existenz des Universums diskutiert. Wie ist es möglicherweise entstanden, und wie lange wird es existieren? Ich konnte aus weiter Entfernung diesem Gespräch mit großem Interesse folgen.

Unter anderem war in eurem Gespräch zweifelsfrei zu erkennen, dass auch bei so einem gewaltigen, kosmischen Geschehen, am Anfang jeglichen Entstehens das „Denken" existiert. Wenn man sich das als Metapher vorstellen mag, so verhält sich die Energie wie ein mächtiger Ozean, auf dessen Oberfläche sich die Schiffe Segelboote oder Frachtschiffe, als die geistigen Inhalte der Gedanken, durch die Kraft der Wellen bewegen können. Die Energie ist ständig im Fluss – und deshalb kann es auch kein gedankenloses Denken geben. Das „Denken" selbst ist ohne Energie nicht möglich weil, wie schon erwähnt, sie in energetische, ablaufprozessuale Aktivitäten eingebunden ist. Und die Existenz der Energie, ist nach dem Energieerhaltungsgesetz zweifelsfrei begründet.

Zunächst genug zu dieser Thematik. Ich bin mir dessen sicher, wir kommen zu einem späteren Zeitpunkt darauf zurück! Wieder eingehend auf unsere eigentliche Problemstellung – das, sowohl geliebte, als auch abgrundtief gehasste „Luder der Macht". Entschuldige bitte meinen kleinen geistigen „Ausrutscher", liebe Estrie."

„Kein Problem, „ES". Allerdings nicht ohne anmerken zu wollen, das dieses „Luder" von einer Macht", wie du sie so zutreffend bezeichnest, tatsächlich viele Anhänger, ja sogar Freunde bei denkenden körperlichen Lebewesen der höheren geistigen Ordnung hat, die ganz sicher nicht traurig darüber sind, sich ihrer bei Bedarf anzunehmen.

Nach meinem körperlichen Tod und dem kriegsbedingten Desaster meines Heimatplaneten Venus, hielt ich mich als Geistwesen noch eine Weile in diesen Sonnensystem auf und konnte auf dem Planeten Erde, ein Nachbarplanet meines Heimatplaneten Venus, sehr interessante, sozialgesellschaftliche und politische Machtstrukturen in ihrem, teilweise recht abartigem „Tun" beobachten. Die auf dem genannten Planeten herrschende Spezies Mensch, so nennen sich die dort lebenden Männer, Frauen und Kinder, sind in besonders auffälliger Weise mit diesem Luder von einer Macht, sowohl im kleinen personifiziertem Verhalten, als auch bei tonangebenden Staatsstrukturen und auch in der so genannten „Göttlichen Macht" geradezu „liebevoll" befreundet, um mit ihr die würdelosesten und skrupellosesten Lebensverhältnisse zu gründen, zu festigen und weitestgehend scheinheilig zu begründen. Und das alles auch noch mit einer massenhaft anzutreffenden Begeisterung. Zugegeben, nicht bei allen Menschen, aber – und hier steht dieses kleine Wort zu recht – bei sehr, sehr vielen Männern und Frauen dieser Spezies."

„An deinem Gedankenfluss lässt sich leicht für mich ableiten, dass dir dieses Thema nicht ungelegen kommt." „Nein, „ES", warum fragst du?" „Ich würde dir gern bei deinen Ausführungen zuhören, so du mit diesem Thema fortfahren möchtest?" „Das ist wahr, „ES"! Ich könnte noch ein paar Gedanken dazu mit dir austauschen." „Gut, dann lass dich nicht aufhalten, liebe Estrie!"

Wenn man diese personifizierte Herrschaftsmacht, damit meine ich Machtstrukturen zwischen und zu Männern, Frauen und Kindern, natürlich auch die unterschiedlich zu beurteilende Staatsmacht und die auf manchen bewohnten Planeten und deren Bewohnern angebetete, scheinbar unantastbare „Göttliche Macht", unter sozialwissenschaftlichen Gesichtspunkten beurteilen möchte, so besteht deren Zielsetzung darin - etwas weit gefasst – auf das Verhalten einer Person, oder mehreren Personen - gleich ob bei einem Mann, einer Frau oder eines Kindes, natürlich auch auf unterschiedliche Interessengruppen, Gesellschaften, Gruppierungen und Glaubensgemeinschaften, ziel- und ergebnisorientiert möglichst zwingend und nachhaltig einzuwirken.

Der guten Ordnung halber möchte ich zu diesem Thema anmerken, dass die „Macht", als dieser wahrlich unangenehme Komplize der Gier, gleich ob in Form einer - „personifizierten Herrschaftsform, einer „Staatsmacht", oder der „Göttlichen Macht", als zentrale Begriffe in den Sozialwissenschaften in seinem Bedeutungsumfang durchaus umstritten ist. Jedenfalls konnte ich das auf einigen bewohnten Planeten im Andromeda Nebel erfahren. Darauf näher einzugehen, „ES", würde - so denke ich, bei unserem jetzigen Gespräch zu weit führen. Möglicherweise kommen wir zu einem späteren Zeitpunkt wieder darauf zurück. Dieses verflixte Luder von einer Macht übt, außerordentlich praktisch bezogen, in allen drei von mir genannten Machtstrukturen, und in allen gesellschaftlichen Bereichen des Zusammenlebens von körperlich denkenden Lebewesen der höheren geistigen Ordnung einen lebensentscheidenden und lebensführenden Zwang aus - genau das soll ja ihre ziel- und ergebnisorientierte Bestimmung sein – und das tunlichst uneingeschränkt.

Weil sie, also die Macht, damit natürlich auch auf unterschiedliche Weise und in vielfältiger Form das Entstehen von sozial geprägten Strukturen mit ausdifferenzierten und persönlichen gesellschaftlichen, oder meinetwegen auch strukturellen Einflusspotenzialen, bezüglich der verschiedenen Machtstrukturen, mit all ihren, möglicherweise ursprünglich erdachten und gewollten, sozialen Hinwendungen in zwanghafter Weise beeinflusst, könnte der Begriff der Macht, als Komplizin der Gier, auch so verstanden werden, dass die Macht, als wegweisender Oberbegriff, ein grundsätzlicher unumstoßbarer Machtbegriff wäre, was er selbstverständlich nicht ist. Weil Macht grundsätzlich von materiellen Strukturen abhängig ist. Dieses Miststück von einer Macht, ist - wie in einem Raubtierkäfig, gefangen in seiner materiellen Umwelt. Jedes denkende körperliche Lebewesen der höheren geistigen Ordnung lebt nur eine begrenzte Zeit. Stirbt diese Spezies aus, ist die Macht – gleich in welcher Form sie ausgeübt wird, für immer passé. Und in einer geistigen Welt, in der wir Geistwesen unser zu Hause haben, kann das Raubtier Macht mangels „Futter", also materieller Grundlagen, gleich welcher Art, nicht existieren. Auch leicht nachvollziehbar. Für was sollte sich also dieses Miststück von einer Macht „abrackern", wenn ihr die materielle Basis – und denkende „körperliche Lebewesen" der höheren geistigen Ordnung gehören ebenfalls dazu fehlen, um sich zu verwirklichen.

Die Macht, wie schon von mir erwähnt definen den Umfang der

physischen und psychischen Handlungsmöglichkeiten sowohl bei einer personifizierten Herrschaftsmacht, der Staatsmacht und die auf manchen bewohnten Planeten und deren Bewohnern angebetete „Göttliche Macht". Sie - also diese „Göttliche Macht", muss mit einigen Besonderheiten beurteilt werden. Wir sollten uns mit diesem Thema allerdings am Schluss unserer Diskussion auseinandersetzen. Wenden wir uns vorerst der so genannten personifizierten Herrschaftsmacht zu und bemühen uns am praktischen Verhalten dieser Spezies denkender körperlicher Lebewesen der höheren geistigen Ordnung, das näher zu beleuchten. Damit meine ich konkret die praktische „Nutzung" dieser Handlungsmacht, und wie sie sich auf Individuen der von mir genannten Spezies auswirken kann. Allerdings nicht zwingend muss - so man die Kerngebiete der Philosophie, also die Logik - als die Wissenschaft des folgerichtigen Denkens, die Ethik - als die Wissenschaft des rechten Handelns und die Metaphysik - als die Wissenschaft der ersten Gründe des Seins und der Wirklichkeit nicht in finstere Bereiche des Vergessens verstaut.

Zurück zur personifizierten Herrschaftsmacht, und hier insbesondere die skrupellose, verbale und nonverbale Ausübung von Gewalt zur rücksichtslosen Entfachung und Aufrechterhaltung der persönlichen Macht - beispielhaft bei der von mir genannten Spezies Mensch vom Planeten Erde. Ich möchte dabei bewusst Bevölkerungen auswählen, die sowohl von einem Präsidialsystem, oder von einem parlamentarischen Regierungssystem regiert werden. Bei dieser gesellschaftlichen Form des „Regierens" und „Verwaltens" können wir davon ausgehen, dass auch gesellschaftlich notwendige Polizeifunktionen wahrgenommen werden. Anmerken möchte ich noch, dass – jedenfalls ist das meine Überzeugung, die Anerkennung eines staatlichen Monopols auf legitime Gewaltausübung durch die Bürger eines demokratischen Systems, wohl die denkbar umfangreichste Übertragung von gesellschaftlicher Macht an eine Instanz überhaupt sein kann. Was bedeutet das für den

„Einzelnen"? Damit meine ich das „Verhalten" von einzelnen Männern und Frauen in der Partnerschaft, in der Ehe, oder meinetwegen überhaupt im zwischenmenschlichen Verhalten?

Unstrittig ist, jedenfalls bei den Völkern, die ich auf bewohnten Planeten beobachten konnte – die Menschen nehme ich davon nicht aus – dass ihr Denken, ihr Verhalten und ihr Handeln von ihren Charaktereigenschaften geprägt wird. Nun sollte man möglicherweise meinen wollen, oder davon ausgehen können, dass die "Vernunft" - also die Fähigkeit des Denkens, aus den im Verstand durch Beobachtung und Erfahrung erfassten Sachverhalten, universelle Zusammenhänge der Wirklichkeit durch tatsächlich zutreffende Schlussfolgerungen herzustellen und deren Bedeutung zu erkennen, die in jedem denkenden körperlichen Lebewesen der höheren geistigen Ordnung ihr zu Hause hat. Schon! Aber – eben aber? Sie trägt eben nicht immer dazu bei, damit es die besonders üblen Charaktereigenschaften in so einem von mir genannten körperlich denkenden Wesen, nicht zu arg treiben. Könnte man meinen wollen - aber - weit gefehlt! Auch der Vernunft sind in ihrem geistigen Handeln Grenzen gesetzt. Die Schöpfung hat allerdings in den kleinsten Bausteinen des Lebens die genetischen Grundlagen in dieser Spezies geschaffen, damit sich das – ich nenne es das „geistige Fühlen" - in der Zeit des körperlichen Lebens auf einem bewohnten Planeten entwickeln kann.

Das von mir genannte „geistige Fühlen", bei allen denkenden körperlichen Lebewesen der höheren geistigen Ordnung, so viel weiß ich bereits, tritt fühlbar in Erscheinung, oder offenbart sich dann, wenn ein denkendes körperliches Lebewesen der höheren geistigen Ordnung etwas mit allen körperlichen und geistigen „Fasern" wirklich fühlt, feststellt und auch danach handelt, ohne es direkt mit den bekannten Sinnesorganen und anderen Rezeptoren wahrzunehmen. Darunter sollte man nicht das oft oberflächlich artikulierte verbale „Mitgefühl" verstehen, dass selten wirklich ernst gemeint ist, weil – ja weil wohl. Männer und Frauen, die sich so äußern, „fühlen" nicht wirklich - sie labern nur oberflächlich dahin, aus welchen Beweggründen auch immer.

Wieder zurück zu diesem „geistigen Fühlen", oder auch „kosmischen Fühlen", das der „Hemmschwelle", als Schutz gegen die Verwertbarkeit von Gewalt, die Kraft gibt. Und genau das sich „Nutzbarmachen" von verbaler und nonverbaler Gewalt ist eine mächtige Stütze für die Ausübung von skrupelloser Macht. Und - so schließt sich der Kreis.

Wehren sich denkende körperliche Lebewesen der höheren geistigen Ordnung gegen die Anwendung von Gewalt, gleich in welcher Art sie auftritt und ächten sie dieses Ungetüm mit jedem Atemzug in ihrem Leben, wird sich dieses „Raubtier der Macht" Wege suchen müssen, um überhaupt noch „Gehör" zu finden. So einfach ist das! Wieder zurück zum „Fühlen".

Im allgemeinen Sprachgebrauch, bei verschiedenen Völkergemeinschaften, ist das „geistige Fühlen", oder „das kosmische Fühlen", wie es auch bezeichnet wird, allerdings von so genannten „außersinnlichen Wahrnehmungen" begrifflich zu trennen. Denn bei diesem „Fühlen" handelt es sich offensichtlich um einen umgangssprachlichen Ausdruck zur Beschreibung einer scheinbaren Alltagssituation. Es sollte eigentlich prinzipiell keine bestimmte Aussage dazu getroffen werden, wie solche „Wahrnehmungen", des besonderen „fühlen Könnens" und teilweise rätselhaften, gefühlsabhängigen „Handlungen" geschehen.

Das Fühlen der Gedanken, der Seele und das tiefe Hineinhören in das Ichbewusstsein sind dabei unerlässlich. Das innere Reifen des Fühlens entsteht nicht allein durch das intensive spirituelle Bemühen mit sich selbst. Auch die ständige Konfrontation an jedes denkende körperliche Lebewesen der höheren geistigen Ordnung, Entscheidungen für das eigene Handeln selbst zu treffen und sie nicht anderen zu überlassen, trägt dazu bei, seinen eigenen Weg zu finden. Natürlich ist es damit noch nicht getan. Denn hinter diesen Entscheidungen, die jeder für sich selbst treffen muss, steht die Verantwortung, die man selbstverständlich dafür übernehmen sollte - ich sage bewusst - sollte!

Auf einigen bewohnbaren Planeten, auch auf der Erde, schaffen sich einige denkende körperliche Lebewesen der höheren geistigen Ordnung dafür Pseudomächte – wie die Macht Gottes, oder die des so genannten Teufels, um sich dieser quälenden Last des „Tragens von Verantwortung" für die eigenen Entscheidungen zu entledigen. Das trägt natürlich auch dazu bei, seinen eigenen Weg förderlich zu beeinflussen, wohin er auch führen mag.

In mir regen sich da allerdings doch erhebliche Zweifel. Gerade diese Art denkender körperlicher Lebewesen der höheren geistigen Ordnung, einschließlich der Menschheit - natürlich nicht alle Männer und Frauen dieser Spezies - die sich dem Bösen und Grausamen schlechthin verschrieben haben, wie sollten sie bei ihren, zum Teil sehr schlimmen Handlungen, überhaupt etwas fühlen können. Würden sie es, müssten sie doch damit sofort aufhören, wenn sie nicht ihren Verstand verlieren wollen.

„Nein, liebe Estrie, so ist das nicht! – Ganz bestimmt nicht! Kannst du dir nicht vorstellen, nur so als Beispiel, dass bei einigen dieser denkenden körperlichen Lebewesen der höheren geistigen Ordnung bei ihren verachtenswerten, schändlichen und zum Teil sehr üblen Handlungen, um mit Begriffen dieser Spezies zu sprechen, das „Fühlen" einen wesentlichen Einfluss auf ihre abartigen Taten hat?" „Nein, „ES" – das geht nicht in meinen Kopf, entschuldige bitte, das lässt mein Geist nicht zu." „Du machst es dir zu schwer, liebe Estrie, und du gehst von völlig falschen Erwartungen dieser Rasse aus. Ich möchte dir das am Verhalten der Menschen – wie du ja weißt, eine Spezies von denkenden körperlichen Lebewesen der höheren geistigen Ordnung vom Planeten Erde, erläutern. Es gibt dort Menschen, die töten ohne aktive äußere Veranlassung, auf die grausigste Art die man sich vorstellen kann - Männer, Frauen und Kinder, nur weil es ihnen eine Art Lust und Genugtuung bereitet, die man sich so eigentlich nicht vorstellen kann. Oder sie handeln aus Gier, oder um sich im Machtrausch zu ertränken. Ein anderes Beispiel dazu! Bestimmte Menschen, natürlich nicht alle, werden auf die abartigste Weise gefoltert, nur um irgendwelche Informationen zu erhalten, die man letztlich überhaupt nicht benötigt, oder in einem Aktenschrank verstauben. Was nichts anderes bedeutet, als das man sich dafür konkrete Handlungen ausdenkt, die bestens dafür geeignet sind, den zu „Folternden" derartige Schmerzen zuzufügen, die das Maß der maximalen Erträglichkeit für ein denkendes körperliches Lebewesen der höheren geistigen Ordnung überschreitet.

Wie anders als über das „Fühlen" sollte das möglich sein? Denn vor „Dem", was ein möglicher Delinquent ertragen könnte oder nicht, kommt das „Was" und das „Wie" er fühlen soll. Also sucht man sich Männer und Frauen, die sich derartige Foltermethoden ausdenken, und sie natürlich auch veranlassen. Für die praktische Anwendung und Ausführung sucht man sich wiederum willige Männer und Frauen, denen es offensichtlich Freude bereitet, sich über die Delinquenten herzumachen. Wie anders sollten sie auch derartige grausame Handlungen ausführen, wenn sie damit nicht das „eigene Fühlen", nicht das des Gequälten, gleich welcher Art, mit aller Lust auskosten würden.

Warum werden immer wieder Frauen und Kinder von bestimmten Männern gewaltsam zu Handlungen gezwungen, die sie nicht wollen? Warum werden Kinder eingesperrt, misshandelt und auf die widerlichste Weise missbraucht und getötet? Warum also immer dieses miserable Luder von einer Gewalt? Ja weil wohl? Sie ist es, die der personifizierten Macht, also dieser Machtausübung durch Männer und Frauen und ihr, also dem „Raubtier Macht" die Möglichkeit schafft sich zu entfesseln und zu entfalten. Sie, also dieses Raubtier, bietet dieser Spezies die Basis, Macht ansich zu reißen und sich darin auf die widerlichste und abartigste Weise machtbesessen auszutoben.

Natürlich trifft das nicht für alle Personen dieser Spezies zu.

Gewalt hat ja eigentlich nichts damit zu tun, dass ein Mann oder eine Frau möglicherweise körperlich ausoßerordentlich stark ist. Es hat was damit zu tun, dass Männer, in wenigen Fällen auch einige Frauen, gern so sein möchten, aber – eben aber - nicht sind, um trotzdem andere Menschen gnadenlos beherrschen zu wollen. Typisch dafür sind die menschenverachtenden, verbrecherischen Handlungen an Kindern, Frauen und alten gebrechlichen Menschen – nur so als Beispiel von vielen anderen.

Auf einigen bewohnten Planeten hörte ich von den dort lebenden Männern und Frauen öfters die Meinung, dass dieses „Raubtier Macht" mit dem „Hässlichen und dem Schändliche" liiert sei und für alle anderen Bereiche des Zusammenlebens würde die „Liebe" reichen. Um es etwas exakter auszudrücken -

Im soziologischen Sinn ist Gewalt natürlich eine nicht enden wollende „Quelle der Macht". Im engeren Sinn wird darunter auch eine unsolidarische Ausübung von herrischem Zwang verstanden. Und im Sinne der Rechtsphilosophie ist Gewalt natürlich gleichbedeutend mit Macht.

Ein anderes Beispiel aus dem Zusammenleben von Männern und Frauen. - Die Fähigkeit und das Wissen um richtige Freundschaften sei der Frau, so jedenfalls einige Meinungsbilder, nicht zwingend gegeben. Sie kenne, so das Fazit dieser Meinung, ausschließlich die „Liebe." Diese Meinung findet auch in der Philosophie ihre Überzeugung. Darin, also in diesem Meinungsbild, schwebt - aus meiner festen Überzeugung heraus, ein hell leuchtender Funken Wahrheit.

Die Liebe zwischen Mann und Frau ist geprägt von der Liebe zueinander – auch klar - plus, und ich sage das als Frau, lieber „ES", bewusst „plus", der Sexualität zwischen den „Beiden".

Die Humanbiologie, im engeren Sinne meine ich damit die Biologie des Menschen, um auf dem Planeten Erde zu bleiben, die Sexualität dieser von mir genannten Spezies, hinsichtlich ihrer Funktion bei der Neukombination von Erbinformationen im Rahmen der geschlechtlichen Fortpflanzung, die bei einer reinen „Freundschaft" völlig außen vor bleibt. Auch verständlich! Wie sollten sich auch, bei allem fleißigen Sexgetue, Frauen und Frauen und Männer und Männer fortpflanzen wollen? Wirklich sehr witzig! Entschuldige bitte „ES"! „Ich habe damit kein Problem, liebe Estrie – lass dich durch mich nicht aufhalten!" „Also gut, dann mal weiter mit diesem etwas heiklem Thema."

Die Sexualität dient doch, bei allem was ihr möglicherweise alles angedichtet oder angeheftet werden sollte, ausschließlich der lustvollen und notwendigen Fortpflanzung der eigenen Art. In meinem Fall der Spezies Mensch. Das ist mit Sicherheit auch bei anderen denkenden körperlichen Lebewesen der höheren geistigen Ordnung der Fall und macht in der Tierwelt keine Ausnahme. Was guckst du mich so eigenartig an „ES"? „Ach nichts, liebe Estrie, mach bitte weiter!"

Und was Freundschaften unter Männern und Frauen dieser Spezies betrifft! Lass mich dazu etwas weiter ausholen, „ES". Aus meiner Sicht unterscheidet sich eine richtige Männerfreundschaft, so von „Kumpel" zu „Kumpel" und das „Heilige" - „gemeinsam durch dick und dünn" dadurch, dass sie die Sexualität in die vorehelichen und ehelichen Beziehung zwischen Mann und Frau einordnet, sowie von der Schöpfung gewollt. Die, also die Sexualität, hat in einer Männerfreundschaft grundsätzlich keinen Platz. Wird sie doch zum Bestandteil in so einer Beziehung, ist das keine freundschaftliche Beziehung zwischen Männern, sondern ein recht dubioses Verhalten. Was mit einer „Männerfreundschaft" nicht einmal ansatzweise in Einklang zu bringen ist. Wie meine ich das, bezüglich der Männerfreundschaften, unter dem Gesichtspunkt zu unserem Thema „Gewalt"?

Schon in der Geschichte der Menschheit galt eine Freundschaft als eine reine Männerangelegenheit. Frauen, so meinten einige Philosophen, seien zu so engen Beziehungen, wie sie eine „wahre Männerfreundschaft" voraussetze, gar nicht fähig. Diese etwas einseitig gefasste Meinung hat sich in der heutigen Zeit bei der Bevölkerung des Planeten Erde allerdings etwas geändert.

Für die Beurteilung von Männerfreundschaften eigneten sich die Helden aus den klassischen Romanen der vergangenen Jahrhunderte von Alexandre Dumas, wie zum Beispiel im Roman "Die drei Musketiere". Der Autor erzählt von D'Artagnan und seinen drei Freunden Athos, Porthos und Aramis, die zu Beginn des siebzehnten Jahrhunderts in der Garde der Musketiere für den französischen König gemeinsam kämpften. Der Roman wurde immer wieder verfilmt und dabei verändert. An dem geradezu mythischen Trinkspruch jedoch, der die treue Männergemeinschaft zusammenschweißte, kam kein Regisseur vorbei - "Einer für alle und alle für einen!"

Männer brauchen Freunde, meinen jedenfalls so manche Therapeuten. Gefestigt werden Männerfreundschaften besonders dann, wenn Männer erhebliche gesundheitliche Probleme haben, die ehelichen, nichtehelichen und außerehelichen Beziehungen zur Weiblichkeit leicht kriselig werden sollten. Oder sie in ihrer beruflichen Laufbahn an Grenzen stoßen. In solch einem Krisenszenario suchen Männer, natürlich nicht alle, Unterstützung und Hilfe, und merken dabei oft schmerzlich, wenn es keine wirklichen Freunde geben sollte. Wenn sie nur „so genannte Freunde" haben, mit denen sie möglicherweise beim Bier und Schnaps nur über Sport reden, Witze reißen, oder sich mit den üblichen Alltagsaktivitäten verbal auseinandersetzen wird ihnen bewusst, dass eine Männerfreundschaft schon etwas „ Besonderes" sein sollte und auch ist.

Was treibt also einen Mann in die Arme eines Mannes? Ohne dabei den Begriff „Mann" näher zu beurteilen!!! Eine echte Männerfreundschaft ist mit Sicherheit nicht das Zugpferd – also, was ist es dann? Ist es möglicherweise das Raubtier der Macht, die „Machtsau" und die krankhafte „Besitzgeilheit", um einen anderen Mann, eine Frau oder ein Kind zu beherrschen, zu unterwerfen und zu demütigen?

Nach meinen Recherchen auf dem Planeten Erde finden sich genügend Beispiel, in der feste Männerfreundschaften existieren, die nicht in einer Ehegemeinschaft enden wollen, sondern das mit einer Frau praktizieren. Also - das kann es nicht sein – ganz sicher nicht!!! Soll es vielleicht der angeborene „Fortpflanzungstrieb" bei einem Mann sein??? Na, da darf ja wohl gelacht werden. Im Gesäß eines Mannes wird man bestimmt keinen Nachwuchs zeugen können.

Sind solche handelnden „Männer" psychisch krank? Fehlen ihnen einfach eine Menge Ziegel auf dem Dach? Großen Einfluss hatte in dieser Begründung der Psychiater und Rechtsmediziner „Richard von Krafft-Ebing". Seine, durch Kriminalfälle und in der Psychiatrie gewonnenen Forschungen stellten diese „Sorte Männer" als erblich belastete Perverse dar, die für ihre angeborene „Umkehrung" des Sexualtriebes nicht verantwortlich seien und deshalb nicht in die Hände eines Strafrichters, sondern in die von Nervenärzten gehörten – auch eine Überlegung! Oder ist es eine andere Triebfeder, die „so genannte Männer" veranlassen andere Männer, Frauen und Kinder mit ihrem besten Stück zu vergewaltigen zu schänden und abartig zu missbrauchen. Von sexueller Lust, die sich im Mastdarm eines Mannes abspielen soll, kann ja nicht gesprochen werden – also wirklich nicht! Ist es möglicherweise ein krankhafter, gieriger Ehrgeiz nach Machtbesitz, um mit Gewalt alles besitzen und demütigen zu können was sie wollen? Den Gedemütigten in den Fesseln seiner „personifizierten Macht, und mit der „Erfüllungsgehilfin Gewalt", praktisch dazu zwingen, sich zu ducken und zu Kreuze zu kriechen? Beispiele dafür gibt es in der Geschichte der Menschheit, besonders bei der Lebensweise von Gewaltherrschern und in der christlichen - katholischen Religion genügend.

Natürlich steht es den Männern und Frauen auf einem bewohnbaren Planeten frei, mit wem sie ins Bett huschen. Ob als Mann und Frau, oder Mann und Mann, oder Mann und Schaf und ähnliche Verhältnisse mehr. Jeder soll nach seiner Fasson selig werden und in Freiheit sein Leben verbringen dürfen?! Oder gibt es dazu doch ein paar handfeste Fragezeichen?

Von J. Rousseau, einem Philosophen vom Planeten Erde stammt der Satz - „Die Freiheit des Menschen liegt nicht darin, dass er tun kann was er will, sondern dass er nicht muß, was er nicht will."

Entschuldige „ES", mir wird übel! Das ist ja abartig - wirklich abartig! Wäre ich als Mensch auf der Erde, müsste ich mich jetzt übergeben." „Ist es sicherlich, „Estrie". Aber - so ist das. Eines mag uns bei allem Schrecklichen, das damit verbunden ist trösten, alle denkenden körperlichen Lebewesen der höheren geistigen Ordnung, die Menschen vom Planeten Erde mit eingeschlossen, verhalten sich nicht so, und haben ein tiefes Empfinden für die Liebe und für die Würde eines Lebewesens. Es gibt Wissenschaftler unter den denkenden körperlichen Lebewesen, die bezeichnen solches abartige Verhalten als „krank an Seele und Geist". Ist es aber nicht, wenn man einmal von Ausnahmen absieht. Wäre dem nämlich so, würde die Spezies denkender körperlicher Lebewesen der höheren geistigen Ordnung, als „Gesamtes" beurteilt, krank sein und daran zugrunde gehen. Sollte die Behauptung der Wissenschaftler zutreffend sein, gäbe es keine Kriege, die ja an Gräueltaten, die zur gewollten Ausführung kommen, nicht zu übertreffen sind. Die das planen und anordnen wären demnach krank. So nach der Behauptung der Wissenschaftler.

Noch einen letzten Satz zu diesem Thema, liebe Estrie. Die Liebe, als die stärkste positive Kraft, und auch die abartigste Macht und die Gewalt schöpfen ihre Energie aus der Dynamik des „geistigen Fühlens".

Der Zweck des Lebens von denkenden körperlichen Lebewesen der höheren geistigen Ordnung ist es also, in der relativ kurzen Zeitspanne des körperlichen Lebens auf einem bewohnbaren Planeten, sehr aufmerksam auf die Entwicklung ihrer Gefühle zu achten.

Wenn du einverstanden bist, liebe Estrie, sollten wir uns einer anderen Machtform - der „Staatsmacht" - zuwenden. Magst du, liebe Estrie, diese Aufgabe übernehmen, oder soll ich das weiterführen? Danke, „ES", ich muss erstmal geistig verschnaufen." Gut, dann werde ich mich in das interessante Thema geistig hineinknien.

Auf dem Planeten Erde hörte ich vor geraumer Zeit einen inhaltsschweren Satz zum Thema "Staatsgewalt", also die Ausübung hoheitlicher Macht innerhalb des Staatsgebietes, durch dessen zuständige Organe und Institutionen, besonders von Polizei, Armee und Gerichten in Form von Hoheitsakten, der in der breiten, öffentlichen Medienlandschaft ein beachtliches Aufsehen erregte und darüber heftig diskutiert wurde. „Die Diktatur wäre eine praktizierende, politische und staatslenkende Regierungsform für die Aufrechterhaltung der Macht in einem Staat, die sich unmittelbar auf die „Gewalt", also auf dieses „Raubtier" stützen würde".

Was könnte man von dieser Behauptung leicht ableiten? Dieses „Raubtier Macht" ist ohne seinen grausamen und brutalen Erfüllungsgehilfen, also der Gewalt, nicht existenzfähig. Um sich von solchen wahren und unangenehmen Tatsächlichkeiten scheinbar zu lösen, entwickelten sich auf diesen Planeten Erde skurrile Besonderheiten von gesellschaftlichen Staatsgebilden, die scheinbar den Eindruck erwecken sollten, dass die Macht, in diesem Fall die Staatsmacht, auch ohne Gewalt auskäme, so sie vom gemeinen Volk eines Landes ausgehen würde.

Solche, so genannte „kommunistische Staatsgebilde", übertragen demnach die Staatsgewalt auf die angeblich zuständige Arbeiter- und Bauernklasse, und betten sie im gesellschaftlichen System der „Diktatur des Proletariats" ein. Soweit so gut.

Beurteilt man diese Begründung allerdings vom Standpunkt ihres staatlichen Charakters, und letztlich natürlich auch vom Standpunkt ihrer eigentlichen Aufgaben, die in der zeitlichen Folge des Regierens zu erfüllen sind, verschieben sich in einem bemerkenswerten Tempo und in einer auffällig drastischen Veränderung die eigentlichen Machtstrukturen weg von der so genannten Arbeiter- und Bauernklasse, hin zu einer kleinen Personalunion von machtbesessenen, meist männlichen „Gesellen".

Bleibt die Frage – was sind das für lenkende Kräfte, die die „Hebel" und den „Mechanismus" für die rasante und gewollte Verschiebung der Macht des so genannten Proletariats, das ja angeblich diese Macht fest in den Händen hält, zu verändern, ohne dabei in der Öffentlichkeit den Eindruck zu erwecken, dass das möglicherweise nicht so sei?! Also, was sind das für umwälzende Prozesse in der Diktatur des Proletariats? Wer ist die initiierende Kraft, und für was und für wen sollte sie letztlich nützlich sein?

„Was schaust du mich so fragend an, „ES", ich weiß es nicht". „Entschuldige, liebe Estrie, ich wollte nur sehen, ob du mir bei diesem „politisch" geprägten Thema noch zuhörst." „Keine Sorge, „ES", ich melde mich schon, wenn es mir bezüglich dieser Thematik ungemütlich werden sollte." „Danke, liebe Estrie, dann mal weiter damit!"

Die im „Dunklen" agierenden Kräfte sind der eigentliche Motor, die eigentliche Macht in einem diktatorischem Staatsgefüge. Sie sind es - die willigen und von der Gier getriebenen Erfüllungsgehilfen und ihre „Sponsoren" aus Wirtschaft, Staatssicherheit und Militär, die die grundlegende führende Kraft der so genannten Diktatur des Proletariats begründen und aufrechterhalten. Die kleine Personalunion von wenigen „Köpfen", teilweise auch nur von einem „Kopf", vertreten in der Öffentlichkeit nur das, was sie vertreten sollen – nicht mehr und nicht weniger. Tun „Sie" oder „Er" es nicht, wird seine Lebensspanne kurzerhand verkürzt.

Diese Gewaltenteilung zwischen den Sponsoren und ihren Erfüllungsgehilfen einerseits und der Arbeiter- und Bauernklasse andererseits hat das Proletariat bitter nötig, weil es ohne sie in seinem Kampf für die Festigung der Staatsmacht, in seinem Kampfe für den Aufbau ihres kommunistischen Staatssystems, nicht zum Ziel kommen würden. Die ausübende Macht dieser, ich nenne sie mal salopp „Dunkelmänner", ist existenziell notwendig, um die Voraussetzungen für eine, möglicherweise dauerhafte und feste Diktatur des Proletariats zu sichern. Letztlich sorgt dieses große Heer williger Proletarier für das wirtschaftliche „Wohlergehen" eben dieser Dunkelmänner und ihrer skrupellosen Erfüllungsgehilfen. So schließt sich der Kreis, liebe Estrie.

Kann so ein Staatssystem, also so ein „Kommunismus in Regierungsform", von einer dauerhaften Beständigkeit sein? So, wie ich das auf verschiedenen bewohnten Planeten, die Erde mit eingeschlossen, beobachten konnte - nein!

Wer die gesamte Bevölkerung in so einem kommunistischen Gefüge ständig hinter sich haben möchte - wer sich nach allen Seiten hin absichert, um nicht aus der eigentlichen Staatsmacht entfernt zu werden, dadurch, dass viele Bürger die auf Gewalt aufgebaute tatsächliche Machtherrschaft des angeblichen Proletariats erkannt haben und sich dagegen auflehnen, muss mit der „lauernden Gewalt", ohne Rücksicht auf Menschenrechte und auf die Würde des Menschen, jegliches „Auflehnen" im Keime unterdrücken.

Besonders in herrschenden Staatsformen von Diktaturen, wird der untrennbare „Bindungszwang" zwischen dem „Raubtier Macht" und der „Gewalt", als Erfüllungsgehilfe der Macht, so schmerzhaft und lebensverachtend transparent.

Wollen wir es vorerst dabei bewenden lassen und uns einer anderen Machtform zuwenden, die im besonderen Maße ihresgleichen sucht – die so genannte „Göttliche Macht". Magst du, liebe Estrie das Thema übernehmen? Mein Geist könnte etwas Ruhe gut gebrauchen." „Übernehme ich gern „ES"."

Bei vielen religiösen Glaubensgemeinschaften, die man auf den verschiedenen, bewohnbaren Planeten bei den dort lebenden denkenden körperlichen Lebewesen der höheren geistigen Ordnung beobachten kann, läge die eigentliche Macht in den Händen eines oder mehrere Götter. Wird dieser Spezies, jedenfalls mit jedem Atemzug in ihrem Leben und mit ganz erheblichem Nachdruck von so genannten Obergurus, unablässig eingehaucht. Natürlich gibt es für solche Behauptungen unter den Lebenden dieser

Spezies verschiedene Auffassungen vom Begriff der „Allmacht Gottes" deshalb, weil man aus diesem scheinbar inhaltsschweren Begriff sich natürlich bestimmte Bestandteile und Gewichtigkeiten herleiten lassen – zweifelsohne ist das so.

Also – nur so beispielhaft - dieser Gott, oder die Götter, können grundsätzlich „alles", ohne Ausnahme! Wobei das „Alles" exakt zu definieren wäre um zu wissen, was alles darunterfallen würde.

Für diese mächtigen, kosmischen Figuren gäbe es keine denkbaren Handlungsbeschränkungen - und Punkt! Was letztlich bedeuten würde, ein Gott, oder die Götter könnten, jedenfalls rein theoretisch auch die Naturgesetze und die Gesetze der Logik überschreiten – nicht so sie könnten – nein – sondern so sie wollten.

Dass sie ohne großem Aufhebens selbstverständlich auch in den Lauf des Weltgeschehens eingreifen und dabei gegen die Naturgesetze verstoßen könnten, wird als Selbstverständlichkeit hingenommen.

Wenn es allerdings darum gehen würde, das persönliche Leid eines Kindes, einer Frau oder das eines Mannes zu lindern, oder gar von ihnen fern zu halten, rufen sie flehend nach dieser Macht Gottes vergebens. Dazu ein passender Spruch, den ich immer wieder auf bewohnten Planeten vernehmen konnte, die von der „Macht Gottes" eingehüllt wurden – „Soll dir Gott helfen ist es besser, du hilfst dir selbst.

Macht ist ja nur dann allmächtige Macht, wenn sie auf materiellen Widerstand trifft, sich also in einer rein materiellen Welt verfestigt. Unendliche Macht habe aber keinen Widerstand, weil sie nicht in materiellen Zwängen eingefangen ist. In so einer – geistigen Welt - wäre also die „Allmacht Gottes" eine „leere Macht".

Wir sollten es dabei bewenden lassen, "ES". Das Thema wird mir sonst zu kompliziert. So eine angebliche Macht Gottes ist nicht so mein Ding, wenn du verstehst wie ich das meine. Wir haben ja, soweit ich das in deinen Gedanken erfassen kann noch ein Thema, dass lebendiger ist. Oder täusche ich mich „ES"?" „Nein, liebe Estrie! Da triffst du den berühmten Nagel auf den Kopf. Lass uns zu diesem Zweck eine Grotte etwa dreitausend Meter tief unter uns aufsuchen. Das gespenstische Licht und die bizarren Erscheinungen in diesen Raum passen sehr gut zu unserem Thema mit dem „unbändigen Hass" als die stärkste Kraft für das Lossagen, der Verachtung und Feindschaft gegenüber der eigenen Art.

Oder wie heißt es bei dieser Spezies so zutreffend – „Wenn Männer und Frauen dieser Spezies zu der Auffassung gelangen sollten, sie seien im Licht der wahren Erkenntnis, sich allerdings von ihrem Nachbarn lossagen und ihn verachten, sind sie noch in der Finsternis des nicht „Loslassen wollens" gefangen."

„Kannst du bitte vorauseilen, allein finde ich den Weg zu dieser Grotte nicht, „ES"." „Kein Problem, liebe Estrie, hefte dich an meine Fersen – entschuldige bitte, kleine Scherz!"

Der unbändige Hass

Der Hass des Menschen ist so hartnäckig, dass der Wunsch eines Kranken nach Versöhnung mit seinem Freunde als das untrüglichste Vorzeichen des Todes gelten kann.

Jean de La Bruyère

Der Neid, die Gewalt und die Macht sind das „Böse" ansich, was Menschen zur Last fällt. In diesen drei Komplizen der Gier liegen die Wurzeln allen schrecklichen Handelns, welches Menschen sich gegenseitig antun.

Dietmar Dressel

Zugegeben „ES", in dieser geheimnisvollen, sich bizarr anfühlenden Höhle würde ich nicht gern länger verweilen wollen, als zwingend notwendig." „Das fühle ich ebenso wie du, liebe Estrie, allerdings passt die optische und gefühlsempfundene „Stimmung", die uns umgibt und auf uns einwirkt, auch zu unserem nächsten Thema.

„Der unbändige Hass" treibt auch sein böses Spiel in einem gespenstisch anmutenden „Raum", in dem ich mich ebenfalls nur ungern aufhalten wollte – so es sein müsste. Jedenfalls nicht länger, als es unbedingt sein soll. - Soweit so gut, liebe Estrie. Möchtest du mit dem Thema beginnen, Estrie?" „Ungern, „ES", – aber, ich versuche es." „Dann lass dich bitte nicht aufhalten, ich werde dir aufmerksam zuhören."

Hass mag auf den ersten Blick betrachtet, eine emotional gesteuerte Gefühlsreaktion in unserem Ichbewusstsein zu sein, das möglicherweise bei vielen körperlich denkenden Lebewesen der höheren geistigen Ordnung sich bei bestimmten Zuständen soweit ausweiten kann, dass dieses schwer von der Vernunft zu steuernde Empfinden mit dem unbändigen Verlangen verbunden wird, den oder die „Gehassten" für immer aus der Welt zu schaffen – also sie zu vernichten, gleich durch „Wen" und auf welche Art und Weise das geschehen sollte.

Dieses vermeintliche, schwer zu lenkende Gefühl derer vom Hass gefangenen Hassenden, ist das des hilflosem Ausgeliefertseins und der Wehrlosigkeit. Es mag ihnen die geistige Kraft dazu fehlen, dagegen angehen und ankämpfen zu können, um wieder frei atmen zu dürfen.

Ich sage bewusst – „dürfen". Weil ich annehme, dass es nicht auf alle Völker, die es im materiellen Universum geben soll, vermutlich nicht zutreffend sein wird? Oder sehe ich das falsch, „ES"? „Selbstverständlich trifft das nicht generell für das materielle Universum und seinen denkenden körperlichen Lebewesen der höheren geistigen Ordnung auf bewohnten Planeten zu, liebe Estrie. Denke dabei an die friedliche Lebensweise so einer Spezies auf dem Planeten Azerohn, den du ja vor geraumer Zeit mit deinem Freund Budhasan besuchtest. Neid, Missgunst, Habgier und der vielleicht daraus sich entwickelnde Hass, ist dieser Spezies völlig unbekannt.

Allerdings, so scheint mir jedenfalls, mag das gefühlsabhängige materielle „Habenwollen", gleich „Was" es sein sollte, es aber bei „Anderen" im Besitz sehen zu müssen, die Komplizen der Gier aktivieren wird, die dann beim Scheitern ihrer schändlichen Bemühungen alle weiteren „Aktivitäten dem „Hass überlassen. Der so Hassende wird in solchen Situationen vermutlich von seinen „hilflosen Ausgeliefertsein" vermutlich nicht mehr wahrgenommen.

Letztlich, so vermute ich, will das im wachsenden Maße anschwellende „Feindlichkeitsempfinden", die sich stärker meldende, relativ energiegehemmt handelnde Missgunst überrumpeln, um aktiv mit seinem verwerflichen Handeln beginnen zu können.

Es kommt auf die Begründung an! Also warum soll, oder wird verbale oder nonverbale Gewalt angewendet. Die Betonung liegt dabei schwergewichtig auf dem Wörtchen - „warum"!

Geht es, nur so als Beispiel, um die Doktrin einer großen Glaubensgemeinschaft, was besonders bei der Rasse Mensch vom Planeten Erde anzutreffen ist. Oder möglicherweise um ausgiebige Bodenschätze eines Landes, dann darf die Gewalt, als Erfüllungsgehilfe des Hasses schon aktiv werden – und auch so richtig – versteht sich!

Das Leben einer Frau, eines Mann oder das Leben eines Kindes, vom Hass getrieben, vernichten, nur weil man sich vielleicht persönlich bereichern möchte, sein Mütchen kühlen könnte oder eben nur so, weil es einem Spaß macht – nana - das geht nicht! Und zwar grundsätzlich nicht! Für diese eigenmächtigen Handlungen kommt bei solchen, vom unbändigen Hass aufgeblähten Halunken, in einigen Ländern auf bewohnbaren Planeten der unartige Kopf runter, wird ihm mit Strom der Garaus gemacht, der Hals mit einem Strick plötzlich in die Länge gezogen oder dieser, vom Hass gejagte Verbrecher, landet für den Rest seines Lebens im Gefängnis, oder in einer geschlossenen Anstalt.

Von Jean - Jacques Rousseau, einem Philosophen vom Planeten Erde, stammt der Satz, „Die Freiheit des Menschen liegt nicht darin, dass er tun kann was er will, sondern dass er nicht muß, was er nicht will". Wohl wahr!!! Wenn ein denkendes Lebewesen ständig etwas tun muss oder müsste, was es eigentlich nicht will, aber trotzdem klein bei gibt, gehörte es vermutlich in die Gattung der Affen und Kamele. So einfach ist das!

Entschuldige, liebe Estrie, meine wenigen Bemerkungen zu unserer Thematik. Du möchtest bestimmt zu unserem Thema „der unbändige Hass", noch einiges gedanklich ausführen." „Stimmt „ES"! Also, dann mal weiter mit diesem Thema. Wenn du noch etwas hinzufügen möchtest, unterbrich mich bitte."

Einmal losgelöst von der Triebfeder des handelnden Hasses. Welche „Antriebsmechanismen stecken in diesem „Motor"?

Da wäre sicher zu nennen, die stark von Emotionen aufgeladene Antipathie, bis hin vom Ekel behaftetem Ablehnens. Ausgehend von der Fähigkeit zu intensiven Gefühlen, wird diese Begründung auch im übertragenen Sinne verwendet und steht allgemein für die stärkste Form des Widerwillens, der Verachtung und Abneigung.

Aus welchen aktiven Beweggründen heraus entwickeln sich demnach derartige menschenverachtende, erheblich gefühlsbehaftete „Antriebsmechanismen"? Natürlich dann – verständlicherweise, wenn der unbändige Hass mit seinen Erfüllungsgehilfen tiefe und lang anhaltende Verletzungen der inneren „Gefühlswelt" verursachen.

In diesem Zusammenhang ein immer wieder anzutreffendes eheliches und nichteheliches Szenario im Verhalten zwischen Ehepartnern und Partnern, bei der die „lauernde Gewalt" und das Miststück von Macht nicht mehr von einem Mann, einer Frau oder von einem Kind ferngehalten werden kann. Stell dir in so einer Situation vor, „ES", ein Ehemann „erzwingt", eben mit den von mir genannten „Erfüllungsgehilfen" - der Gewalt und der Macht - bei seiner Ehefrau den regelmäßigen, so genannten ehelichen Beischlaf. Dieses zwanghafte Verhalten des Ehemannes führt zweifelsfrei bei der Ehefrau zu mentalen Abwehrmechanismen bis hin zum Ekelgefühl.

Und schon entwickeln sich bei der Ehefrau Abwehr und Widerstand, die nicht zwingend dazu führen müssen, dass die Gesundheit und möglicherweise auch das Leben des Ehemannes in Gefahr gerät großen Schaden zu nehmen. Oder im schlimmsten Fall, sein Leben ungewollt erlischt. Gewalt ist dabei sicherlich vorprogrammiert.

Natürlich eilt den sich vor der eindringenden Gewalt „Wehrenden" die „Vernunft" zu Hilfe, um „Schlimmeres" zu lindern und, so möglich, zu verhüten.

Die Vernunft ruft nach dem Ende der zwanghaften Verletzung und nach einer Bestrafung von dem, der sie ständig ausübt. Während der unbändige Hass nach anderen Lösungen schreit, die letztlich das Problem nur verschlimmern könnten.

Der unbändige Hass ist, aus philosophischer Sicht beurteilt, der Grundbegriff für die - „leidenschaftliche Abneigung" - gegen alles, was denkende körperliche Lebewesen der höheren geistigen Ordnung empfinden können. Jedenfalls kann man diese Meinung auf bewohnten Planeten antreffen. Was nicht bedeuten muss, dass es so sei.

Der Hass ist der Rivale der Liebe. Beide schöpfen ihre Energie aus dem „kosmischen Fühlen". Der unbändige Hass geht in seinem Verhalten soweit, dass er sich selbst mit denkenden körperlichen Lebewesen der höheren geistigen Ordnung, auf die er es ja abgesehen hat, nicht anfreunden will oder nicht kann. In der Tier- und Pflanzenwelt ist so eine abartige „Gefühlserscheinung" ja nicht anzutreffen.

Ich glaube, „ES", der unbändige Hass kann sich selbst nicht ausstehen, weil – ja weil er nicht gebraucht wird. Möglicherweise ist das der eigentliche Grund, warum er dieser Spezies eigentlich nur schadet. Das mag auch eine Begründung dafür sein, dass er, also dieser unbändige Neid, sich außerordentlich gut aufgehoben fühlt, wenn er mit solchen „Halunken" wie dem Miststück Neid dem vor dem Kopf gestoßenen Ehrgeiz, der blindwütigen Eifersucht oder der zurückweisenden Liebe zusammen sein kann. Auch der „vorgegaukelte" Hass gegen das Böse, ist nicht selten nur der tief empfundene Ekel vor demselben.

Das „Böse an sich" wird zwar auf die ähnliche Art und Weise wie der unbändige Hass gegebenenfalls in Gang gesetzt, erfordert allerdings eine grundsätzlich andere Persönlichkeitsstruktur des „Hassenden". Der unbändige Hass ist eine von der Schöpfung gegebene Charaktereigenschaft. Während die Reaktionen aus dem Hass heraus, lediglich ein Ausdruck des Reagierens und des Handelns von denkenden körperlichen Lebewesen der höheren geistigen Ordnung sind.

Das mediale und wirtschaftlich begründete Aktivieren dieser Charaktereigenschaft „Hass" in der Bevölkerung eines Landes, ist übrigens ein bewährtes Mittel und eine profunde Methode, um vorwiegend Männer dieser Spezies davon zu überzeugen, andere Männer, die sie nicht kennen, geschweige dass sie ihnen verbal, oder nonverbal etwas angetan haben könnten, auf die abartigste Weise abzuschlachten. Das sie selbst dabei das gleiche Schicksal erleiden, wird natürlich vorsorglich aus allen medialen und wirtschaftlichen Aktivitäten unter der berühmten Decke gehalten. Auch verständlich – sonst kommt ja keiner. Der „unbändige Hass" würde sie ja nicht zum Siege führen. Den feiern die Obergurus in ihren Villen, bei Kaffee und Kuchen. Letztlich ist der „unbändige Hass", etwas robust formuliert, nur ein Mittel, eines abartigen Suizids.

Aus meiner Sicht möchte ich dieser Spezies den Rat geben, das eigene Leben mit einem gesunden Maß an Kritikfähigkeit auszufüllen, welches den Grundsätzen der Vernunft und dem Wesen demokratischen Verhaltens entsprechen sollte. Ich sage bewusst sollte – allerdings in dem Wissen, dass es nicht so ist wie es eigentlich sein sollte!

Auch die aktive Hinwendung zu den klassischen Kerngebieten der Philosophie – damit meine ich die Logik, als die Wissenschaft des folgerichtigen Denkens und die Ethik, als die Wissenschaft des rechten Handelns wären für die Förderung von Erkenntnisprozessen sicherlich dienlich und für die Gesundheit von denkenden körperlichen Lebewesen der höheren geistigen Ordnung wesentlich gesünder. Letztlich ist das körperliche Leben dieser Spezies auf einem bewohnten Planeten zeitlich an die Lebensdauer so einer lebenswerten Kuller gefesselt. Und das Leben jedes einzelnen Mannes oder einer Frau, jedenfalls unter kosmischen Zeitverhältnissen betrachtet, relativ begrenzt und einmalig. Eine Reinkarnation so eines körperlichen Lebens hat die Schöpfung nicht vorgesehen.

„Danke, liebe Estrie, deine Worte fühlen sich bei mir gut aufgehoben. Lass mich bitte noch ein paar wenige Sätze zu unseren Thema hinzufügen."

Das größte Opfer des Hasses, meine ich, ist derjenige Mann die Frau oder das Kind, die ihn festverwurzelt in sich tragen. Sie erleben dessen abartiges, widerwertiges Verhalten ständig, und übertragen es nicht selten auf alle, die mit ihnen einen ehelichen, familiären, freundschaftlichen oder beruflichen Umgang pflegen.

Es gibt bei dieser Spezies Männer und Frauen, die hassen, weil sie sich nicht entschließen – sei es, dass sie es nicht können oder nicht wollen - zu lieben. Dabei wäre das ein segensreicher Schritt. Denn die Liebe ist doch die Kraft, die diesen unbändigen Hass besiegen kann. Noch einen letzten Satz zu diesen Thema, liebe Estrie.

Die Liebe, als die stärkste positive Kraft, und auch der abartige Hass mit seiner unbändigen Aktivität, schöpfen ihre Energien ausnahmslos beide, aus der Dynamik des Fühlens.

Der Zweck des Lebens von denkenden körperlichen Lebewesen der höheren geistigen Ordnung ist es also, in der Zeitspanne des körperlichen Lebens auf einen bewohnbaren Planeten, sehr aufmerksam und sorgsam auf die Entwicklung ihrer Gefühle zu achten.

„Entschuldige bitte, lieber "ES", das gruslige Thema, als auch die gespenstisch anmutende Höhle mit ihrem schaurig flimmernden Flair, drücken doch intensiv auf meine Gefühlswelt. Es käme mir nicht ungelegen, wenn wir uns wieder auf die Oberfläche des Planeten Tramptons begeben würden. Was hälst du von meinem Vorschlag?" „Ich schließe mich deinem Wunsch an - also, gehen wir.

Wie sind deine weiteren Pläne, liebe Estrie?" „Lass mich erstmal wieder geistig frei atmen, damit sich meine Gedanken beruhigen." „Einverstanden - ich denke, wir sollten uns in der folgenden Zeit mit etwas angenehmeren Themen beschäftigen." „Das meine ich auch, ES". Dafür wird es gut sein, wir warten die Ankunft von meinem Freund Budhasan ab. Auch das Eintreffen von Helmut und seiner Familie wird uns viele neue Eindrücke und Gedanken bringen. Würdest du mir zustimmen wollen, „ES"?" „Damit habe ich kein Problem! Ich kenne ja Helmut und Budhasan, und freue mich schon auf die interessanten Gespräche mit ihnen.

In meinen Gedanken entwickelt sich bereits ein anderes Thema. Das geistige Leben des Ichbewusstseins und seine Möglichkeiten, sich durch seine Charaktereigenschaften, die mental auf das körperliche Leben einwirken, sich letztlich selbst für ein geistiges Leben nach den körperlichen Tod zu entwickeln." „Du machst mich neugierig, "ES". Wie sollte der Titel dieses Themas sein?" „Ich denke, liebe Estrie, wir sollten uns einmal mit den „Tränen des Bewusstseins" gedanklich beschäftigen." „Eine gute Idee von dir, ES", ich freue mich darauf!" „Ich auch! So, und jetzt werden wir beide unseren Geist etwas Ruhe gönnen, liebe Estrie." „Das empfinde ich auch so, „ES"."

Der Autor

Es kommt die Zeit, da rückt das 65. Lebensjahr in greifbare Nähe - endlich - denkt man erleichtert - in Pension. Soweit so gut! Es dauert nicht lang, und man feiert im Kreise der Familie den 66. Geburtstag und stellt dabei mit zunehmender Ungeduld fest, dass so ein Tag, mit seinen 24 Stunden, ziemlich lang sein kann.

Familie, Enkelkinder, Faulenzen, Reisen und gelegentliche botanische Experimente bei der Gartenarbeit reichen nicht mehr aus, um den Tag ein interessantes Gesicht zu geben - was tun? An dieser Frage kommt man nicht mehr vorbei, möchte man nicht den Rest seines Lebens auf der Couch und vorm Fernseher verdösen. Warum, so fragte ich mich, die vielen Gedanken und Ideen, die sich im Laufe eines Lebens gesammelt haben überdenken und - so möglich, schriftlich verarbeiten. Kaum sind solche Gedanken zu Ende gedacht, entwickelt sich dafür die notwendige Initiative - ein Literaturstudium muss her, denkt sich der Kopf, ohne an den Körper zu denken, der ist ja bereits 66 Jahre alt. Diese drei Studienjahre waren es, die mir zeigten, dass das kreative Schreiben kein dunkles Geheimnis bleiben muss, so man sich bemüht es zu lüften. Und noch etwas half mir sehr, das Schreiben ernsthaft anzupacken - das geistige in sich "Hineinhören" um mit dem Bewusstsein und seiner inneren Stimme Gespräche zu suchen. Viele meiner Bekannten und Leser fragen mich, wie machst du das, in so kurzer Zeit so viele Bücher zu schreiben? Ehrlich gesagt, ich kann mir diese scheinbar einfache Frage nicht mal selbst beantworten. Ich glaube, es ist meine innere Stimme, die ständig mit mir diskutieren möchte. Und so fließen die Gedanken, wie von Geisterhand gelenkt, schon fast von allein in die Tastatur meines Computers.

Meiner Frau, meinen Kindern und Enkelkindern habe ich viel zu verdanken. Sie geben mir die Kraft und die Ruhe um zu schreiben. Und das ist es, natürlich nicht nur, was meine Gedanken, mein Bewusstsein und mein Weltbild nachhaltig so wohltuend inhaltsreich beeinflusst.

Das, was ich schreibe ist möglicherweise nicht immer leicht zu verdauen, soll auch nicht so sein. Ich möchte auch nicht der "Besserwisser" sein, oder Derjenige, der alles richtig und wahrhaftig beurteilt. Beileibe nicht - wirklich nicht, ganz ernstlich!!! Wenn es mir in meinen Romanen mit seinen unterschiedlichen Themen und Inhalten gelänge, Nachdenklichkeit zu wecken, aus der sich möglicherweise Fragen entwickeln, wäre ich ein glücklicher Schreiberling und Autor.

Denn sie sind es doch, die helfen, dass wir uns weiter entwickeln können. Und wer will schon in seinem Leben auf der Stelle treten? Das glaube ich auch nicht!!!

Bücher mit Inhalten wie bei Noah Gordon, (der Medicus) und Jostein Gaarder (Sofies Welt) beflügeln meinen Geist. Eigentlich bin ich ein typischer Zahlenmensch - beruflich geprägt, und liebe das Rationale - natürlich nicht nur! Was mich selbstverständlich nicht davon abhält, die Tiefen meiner Seele zu ergründen, das Glück und den Schmerz meines Herzens mit allen Fasern zu fühlen und der sehr, sehr leisen Stimme des Bewusstseins, wenn die Zeit dafür da ist, zuzuhören.

www.dietmardressel.de

**Mehr Informationen unter
BoD Verlag
www.bod.de**

Folgen Sie mir auf Twitter

Die DDR in den siebziger Jahren. Viele führende Politiker leben in Saus und Braus. Die Stasi und der Polizeiapparat sorgen mit den dazu passenden Einrichtungen für Angst, Terror und Gewalt, schlimmer als die Inquisition im Mittelalter. Die Denunziation der Menschen untereinander blüht in allen Farben, die Masse des Volkes bedient sich hemmungslos am Volksvermögen und verweigert zunehmend die Arbeitsleistung. Die Wirtschaftsleistung und die Staatsfinanzen werden nur noch durch den Verkauf von Menschen, und durch die massive, wirtschaftliche und finanzielle Unterstützung der BRD aufrechterhalten und abgesichert.

Der Untergang dieses Systems in der DDR ist bereits erkennbar, und viele Bürger sind verzweifelt auf der Suche, einen Ausweg für sich selbst und ihre Familien zu finden.

Zwei junge Menschen lernen sich kennen, verlieben sich und wollen ihr gemeinsames Leben in einem Land verbringen, in dem sie frei von politischen Zwängen sind. Was die beiden auf diesem sehr gefährlichen Weg erleben und erleiden müssen, ist die Hölle und das Grauen an sich. Verwundet und schwer verletzt an Seele, Geist und Körper, erreichen sie nur mit großen Mühen ihr Ziel.

Das Buch verspricht viel hochgradige Spannung, in einer Atmosphäre voller Liebe, Schmerz, Leid und Hoffnung.

Der Roman - „Eine Sprengmine zwischen Aufbruch und Freiheit" ist der zweite Teil vom Roman - „Ein Riskanter Aufbruch".
Die Bundesrepublik Deutschland, inmitten Europas, erlebt seit vielen Jahren, wie andere Staaten in diesem Erdteil auch, Frieden, Wohlstand und die Freiheit der Gedanken. Was man vom anderen Teil Deutschlands - der DDR - nicht sagen kann. Direkt im Krieg ist sie nicht, aber das Land ist für seine Größe aufgerüstet und mental auf Krieg eingestimmt, schlimmer als eine Großmacht. Noch bedauernswerter ist der Zustand der Bevölkerung. Es herrscht Mangel an allem was die Menschen brauchen, und die friedlich etwas ändern wollen, oder voller Verzweiflung das Land verlassen möchten, werden entweder unmenschlich eingesperrt, gefoltert und gequält, oder durch Selbstschussanlagen, Minenfelder und Salven aus Maschinenpistolen getötet, zerfetzt oder schwer verletzt und verstümmelt.
Wenn in diesem Buch nicht ab und zu Seiten zu lesen wären, die dem Leser ein wenig Entspannung ins Gesicht zaubern, würden sie die eigenen Tränen fast ersticken, und die Schmerzen die sie mitfühlen, an den Rand der Verzweiflung bringen. Es fällt einem schwer, das alles beim Lesen zu ertragen, aber noch schwerer ist es, das Buch aus der Hand zu legen.

Deutschland zum Ende des achtzehnten Jahrhunderts. Zwei erwachsene Menschen, ein noch junger Mönch, und ein in die Jahre gekommener Bader, erleben hautnah und zum Teil selbst in den Handlungen eingebunden, eine Zeit, in der es den Menschen sehr schlecht ging, und die Gelegenheit zum Lachen auf einem engen Raum begrenzte.
Durch Krieg, der menschenverachtenden Raffsucht des Adels, der Kirche mit ihren Gesetzen, die jeden neuen Ansatz zur Verbesserung der Lebenslage der Menschen, sowohl materiell als auch ideell im Keime erstickten, und mit so genannten Gottesurteilen, dem Scheiterhaufen und der Folter durch die Inquisition, wurde den einfachen Menschen, besonders von denen auf dem Land, das Leben unsäglich schwer gemacht.
Gott hat ja die Menschen nicht des Leidens und des Sterbens wegen geschaffen - ganz sicher nicht! Die Oberschicht des Landes sperrt sich vehement gegen jede Art von geistigem und materiellem Fortschritt, es sei denn, sie sind einzig und allein die Nutznießer dieser Veränderungen.
Das Buch verspricht viel Spannung, in einer Atmosphäre voller -

Schikanen, sadistischem Missbrauch des Glaubens, Angst vor Folter und Todesqualen, Liebe, selbstloser Hilfe, unerträglicher Schmerzen, körperlichen Leides und zaghafter Hoffnung auf Besserung.

www.dietmardressel.de

**Mehr Informationen unter
BoD Verlag
www.bod.de**

Folgen Sie mir auf Twitter

Deutschland am Anfang des neunzehnten Jahrhunderts. „Der Medicus und die Nonne" ist eine frei erfundene Geschichte, und eine Fortsetzung des Romans - „Der Mönch und der Bader".

Der Roman ist ein Werk der Phantasie, und nicht ein Ausschnitt aus der wirklichen Geschichte. Von den erwähnten Personen lebten nur: Napoleon, der Herzog von Braunschweig. Marshall Davout, Graf Montgelas, Friedrich der Dritte - die Generäle: Hohenlohe, Rüchel und Kalckreuth. Friedrich von Schiller und Wolfgang Johann von Goethe.

Alle anderen Namen sind frei erfunden, und rein zufällig gewählt. Vieles von der Atmosphäre der Kriegsereignisse um 1806 ist verloren gegangen. Wo keine glaubhaften Aufzeichnungen vorhanden waren, habe ich meine Phantasie zu Rate gezogen.

Nikolas, der Mönch, erschüttert von dem kriegsbedingten, furcht-

baren Leid der Menschen, kann dem Kloster nicht mehr dienen, versucht sein Glück im weltlichen Leben zu finden und trifft Hilde. Katarina, am Ende ihrer Kraft, sucht ihr Heil im Kloster, und hat den Wunsch Nonne zu werden.
Zusammen mit Ferdinand, dem Medicus, erfährt sie das tiefe Glück der Liebe.

Das Schicksal will es so, dass sie eine andere Aufgabe erfüllen soll, die sie in Lynhart suchen muss.

www.dietmardressel.de

Mehr Informationen unter
BoD Verlag
www.bod.de

Folgen Sie mir auf Twitter

In diesem Roman lesen sie etwas über die Schöpfung, oder Gott, wie manche auch dazu sagen. Wie entstand sie, und wo existiert sie? Unser Universum - ist es endlich? Was hat es mit den „guten" und mit den „bösen" Seelen auf sich? Gibt es dafür jeweils ein Universum? Und wenn ja, was erleben sie dort? Oder ist das alles nur eine Illusion, und wir liegen nach unserem Tod vier Meter tief in der Erde, und sind ein Festmahl für die Würmer? Nur – was ist, wenn wir wirklich als geistige Wesen in einem anderen Universum weiter leben? Was ist nach dem Urknall passiert? Venus, ein kleiner Planet am Rande einer Galaxis, entwickelt sich gut, was man von seinen denkenden Zweibeinern nicht sagen kann. Sie raffen, was sie raffen können, sind neidisch bis zum abwinken, und bringen sich mit dem Feuer der Sonne, grausam gegenseitig um. Am Ende gelingt es einer kleinen Gruppe von ihnen auf der Erde zu landen, die noch in den Anfängen einer ganz einfachen, menschlichen Entwicklung steckt.

Was werden die wenigen klugen Venusianer mit ihrem Wissen

unternehmen? Wollen sie den Erdbewohnern dabei helfen, sich friedlich zu entwickeln, oder wird die Abschlachterei von neuem beginnen? Lesen sie das im II. Teil der Trilogie - „Der Zweck unseres Lebens".

Dem Autor gelingt es, trotz der schwierigen Thematik, glaubhaft und spannend eine fantastische Geschichte zu erzählen. Es werden möglicherweise auch viele neue Fragen auftreten, was der Autor so sicherlich auch beabsichtigt hat.

www.dietmardressel.de

Mehr Informationen unter
BoD Verlag
www.bod.de

Folgen Sie mir auf Twitter

„Die Tränen unseres Ichbewusstseins"

Fantasy Roman von Dietmar Dressel

Dieser Roman wird Ende Mai 2016 in allen deutschsprachigen Buchläden zu kaufen sein. Gleiches Erscheinungsdatum gilt für die Veröffentlichung als E – Book.

In diesen Roman lesen sie nachdenkliche Überlegungen zum geistigen Leben unseres Ichbewusstseins und seinen Möglichkeiten, sich durch seine Charaktereigenschaften - wie Gier, Hass, Liebe und viele andere mehr - die mental auf das Leben von körperlich denkenden Lebewesen der höheren geistigen Ordnung, also auch von uns Menschen einwirken, sich letztlich selbst für ein geistiges Leben nach den körperlichen Tod zu entwickeln.

Viel Spaß und spannende Stunden wünscht Ihnen beim Lesen dieses Romans - Dietmar Dressel www.dietmardressel.de

Mehr Informationen unter
BoD Verlag
www.bod.de

Folgen Sie mir
auf Twitter